CONTENTS

ISOLDA

UNO	10
DOS	26
TRES	37
CUATRO	56
CINCO	74
SEIS	92
SIETE	111
OCHO	121
NUEVE	136
DIEZ	147
ONCE	173
DOCE	208
TRECE	235
CATORCE	257

ISOLDA

UNA HISTORIA DE AMOR, ROMANCE
Y PASIÓN DE VIKINGOS

MARGOTTE CHANNING

© ISOLDA de Margotte Channing

Quedan rigurosamente prohibidas, sin la autorización por escrito de los titulares del copyright bajo las sanciones establecidas por las leyes, la reproducción parcial o total de esta obra por cualquier medio o procedimiento, comprendidos la reprografía y el tratamiento informático, y la distribución de ejemplares de esta edición mediante alquiler o préstamos públicos.

PROFECÍA DEL BERSERKER

Después de la Gran Guerra, los berserkers descubrirán que la única manera de amansar a su bestia interior es encontrar la mitad perdida de su alma, a su compañera, la que ellos llaman su *andsfrende*, y unirse a ella para siempre.

Esa unión será la única manera de conservar la cordura y la vida y de ella nacerá un nuevo linaje de seres que serán más fuertes y poderosos que sus padres, y que durante mil años gobernarán la tierra.

Esos nuevos seres serán llamados Vikingos.

Indice De Personajes

Adalïe Falk: Es un hada nacida en la isla de Selaön y su familia es dueña de las Minas de plata de Mondüir. Está casada con Ulrik Falk con el que vive en el Territorio del Norte; también es la madre de Einar Falk y la tía de Adalïe Lodbrok.

Adalïe Lodbrok: Semihada. Su madre es Edohy Faëly (prima de Adalïe Falk) y su padre Otto Rhun, quien intentó derrocar al rey Haakon y fue ajusticiado por ello. Está casada con Finn Lodbrok y su tía es Adalïe Falk. Su madre, muerta hace muchos años, pertenecía a una de las familias más poderosas de la isla de Selaön. Adalïe ha descubierto hace poco que tiene algunos poderes sorprendentes, entre ellos el de la curación.

Ahmad Fadlan: Conocido médico y viajero nacido en Bagdag. Estando de visita en la corte noruega se ganó la confianza de los reyes, quienes le pidieron que acompañara al príncipe Haakon en su viaje a Selaön.

Alana Falk: Es la hija de Othar, hermano de Ulrik, y de su mujer Elin Falk. Le gusta cazar, pescar y luchar con la espada y no tiene ningún interés en casarse.

Aspid Orensen: Tío de Gilda Orensen. Asesinó a su hermano y a su cuñada para quedarse con el castillo de Treborg.

Axel Erling: Es el mejor amigo del príncipe Haakon; son como hermanos.

Billung: Soldado de confianza de Horik.

Bjorn Carlson: Es el más callado de los amigos del príncipe.

Cedric Ashlog: Padre de Ydril y murió cuando ella era una niña. Siendo solo un adolescente hambriento que vivía en la calle Otto Rhun le pagó una pequeña fortuna para que lanzara al mar a Leif y a Finn, cuando solo eran unos bebés, desde un acantilado. Pero llegado el momento fue incapaz de hacerlo y los abandonó en un orfanato, algo de lo que se arrepintió toda su vida.

Daven Engberg: De los tres amigos del príncipe Haakon, es el más simpático. Le cae bien a todo el mundo.

Egil: Trabaja en la cocina del barco con Isolda y los dos se han hecho muy amigos.

Einar Falk: Mitad hada y mitad berserker. Sus padres son Ulrik y Adalïe Falk y es el heredero de del Territorio del Norte. Además, es el líder del temible ejército que protege la frontera más abrupta del país. También es conocido por el apodo de *Halcón de la noche*.

Esben Lodbrok: Berserker. Está casado con Lisbet y es el padre de los gemelos Leif y Finn. Vive en el castillo de las Ocho Torres con su familia.

Finn Lodbrok: Berserker, casado con Adalïe la joven. Es hijo de Esben y Lisbet Lodbrok y tiene un hermano gemelo llamado Leif.

Frida: Vieja cocinera del castillo de las Ocho Torres que ha cuidado de Lisbet y de Magnus desde que eran pequeños.

Gilda Orensen: Sus padres Olaf y Maeve Orensen fueron asesinados por su tío Aspid. Convencida de que iba a hacer lo mismo con ella, huyó de su casa y pidió asilo a Magnus en el hospital. Allí conoció a Orvar con quien más tarde se casaría.

Gregers Dahl: Diplomático al servicio del rey Haakon, casado con Inge y padre de Voring.

Greta Bergsen: Esposa de Jan Bergsen, tiene una hermana llamada Hallie. Todos viven en Randaberg y trabajan en el molino que Greta heredó de su primer marido.

Haakon y Margarita: Son los Reyes de Noruega. A pesar de que tuvieron varios hijos durante su largo matrimonio, el único que sigue vivo es el príncipe Haakon.

Hans: Primo de Lisbet y Magnus; también es el cocinero del hospital, donde ha decidido quedarse y no viajar a Selaön.

Helmi: Es la cocinera del castillo de los Falk. Snorri Sturlson le ha pedido en matrimonio, pero ella se siente atraída por Voring, aunque desearía que no fuera así.

Horik Bardsson: Es el jefe de los espías de la reina Margarita y, además, su primo.

Inge Dahl: Está casada con Gregers y es la madre de Voring. También es íntima amiga de la reina Margarita y de Lisbet.

Isolda: Esclava que huye de su casa cuando se entera de que van a venderla a un tratante de esclavos conocido por su crueldad.

Jan Bergsen: Berserker. Está casado con Greta, que era la viuda del molinero Budsen. Durante varios años fue cocinero, cuando él y el resto de los berserkers estaban recluidos en la isla; ahora vive y trabaja con Greta y su familia en el molino Budsen. Es muy amigo de Orvar y de Knut.

Jharder: Soldado de los Falk que siente un odio irracional por Isolda desde el momento en que la ve. Le gusta mucho beber y la bebida lo vuelve agresivo.

Jensen: Es uno de los dos timoneles que llevan los Falk en su barco. Su mujer y sus hijos murieron durante la guerra, algo de lo que nunca se ha recuperado. Es un buen amigo de Egil y también de Isolda.

Knut Gormsson: Berserker y reconocido

cazador y pescador. Desde que todos sus amigos se han emparejado, ya no se siente a gusto viviendo en la antigua abadía rodeado de extraños. Por eso, cuando le ofrecen ir a Selaön, acepta.

Leif Lodbrok: Berserker. Es hijo de Lisbet y Esben y el gemelo de Finn. Está casado con Ydril y vive en el castillo de las Ocho Torres.

Lisbet Lodbrok: Casada con Esben, es la madre de los gemelos Leif y Finn. Vive en el castillo de las Ocho Torres con su familia. También es sobrina del rey Haakon.

Maeve Orensen: Madre de Gilda. Murió envenenada por el hermano de su marido, Aspid.

Magna y Edohy Falk: Gemelas recién nacidas cuyos padres son Ydril y Leif.

Magnus Jorvik: Es el hermano de Lisbet y el dueño de la isla de Mosteroy, donde él mismo fundó una abadía después de hacerse monje. Hace poco tiempo el papa lo excomulgó, junto a su primo Hans, y Magnus decidió transformar la abadía en un hospital para pobres.

Olaf Orensen: Padre de Gilda. Fue asesinado por su hermano Aspid para quedarse con sus tierras. Era muy amigo del rey.

Orvar Krog: Berserker, antiguo soldado del rey y muy amigo de Knut y de Jan. Vivía tranquilamente en la antigua abadía hasta que apareció Siv, una misteriosa novicia con la que posteriormente se emparejó.

Otto Rhun: Era el padre de Adalïe Lodbrok. Odiaba a todo el mundo, sobre todo a la familia Lodbrok, porque Lisbet prefirió a Esben como marido en lugar de elegirlo a él. Secuestró a Leif y a Finn cuando eran unos bebés y se los entregó al joven Cedric para que los lanzara al mar; se casó con Edohy Faëly por despecho y años después la asesinó y abandonó a su hija Adalïe, cuando solo era una niña, en un convento del que la sacó años más tarde para casarla. Murió ajusticiado por orden del rey Haakon por el delito de alta traición.

Príncipe Haakon: Es el heredero de la corona noruega. Desde hace años sufre terribles ataques que todos pensaban que estaban provocados por una enfermedad mental que había heredado de su abuelo, pero hace poco Ahmad Fadlan ha descubierto que no está loco, sino que es un berserker.

Raine Landström: Su padre era Varal Sorensen, el mejor guerrero que ha habido en la historia de Noruega, quien le enseñó cómo ser una temible guerrera. Está casada con Wulf Landström y viven en la granja que ella heredó de su padre.

Roselia: Es una curandera y hechicera nacida en la isla de Selaön. Salvó a Adalïe cuando fue herida por Guttorm, el segundo de Otto, y ha ayudado a que nacieran las gemelas Magna y

Edohy.

Selaön: Isla mágica donde están las Minas de Mondüir que producen la mejor plata del mundo. El rey Haakon está muy interesado en conseguir esa plata para acuñar las nuevas monedas noruegas.

Silima: Piedra que recarga la energía de las hadas y semi hadas y que ayuda a que se comuniquen entre ellas, sobre todo cuando están separadas por grandes distancias.

Snorri Sturlson: Es el único hijo del mejor amigo de Ulrik Falk. Cuando su padre murió, Ulrik lo llevó a su casa y él y su mujer lo criaron junto a su hijo Einar. Está enamorado de Helmi, la cocinera de los Falk y es uno de los mejores orfebres de su país.

Skoll: Capitán del barco de los Falk.

Viuda Otsen: Era la amante de Aspid Orensen. Por la corte corría el rumor de que envenenó a su marido.

Voring Dahl: Es el hijo de Gregers y de Inge Dahl y trabaja con su padre como diplomático para la corona. Y al igual que él, suele tener un carácter muy templado.

Wulf Landström: Berserker y antiguo soldado del ejército del rey. Durante años se hizo cargo de un grupo berserkers que estaban desahuciados, con los que vivía en una isla deshabitada. Ahora

ISOLDA

está casado con Raine y viven en la granja que ella heredó de su padre.

Ydril Lodbrok: Es la hija de Cedric Ashlog. Su padre murió cuando ella era una niña; entonces Magnus se la llevó con él a la abadía, donde se crió. Está casada con Leif y es la madre de las gemelas Magna y Edohy. Su cuñada Adalïe la ayudó a superar el embarazo y el parto.

Yrene Miriel: Hada procedente de Selaön que aparece repentinamente en casa de los Falk, cuando ellos van a viajar a la isla. Einar sospecha de sus intenciones, a pesar de que Yrene es la hija de una de las mejores amigas que su madre tenía en la isla.

UNO

Primavera de 1250
Isla de Mosteroy, Noruega

E l día empezaba a clarear cuando Knut sacó a su caballo del establo. Caminó, llevándolo de las riendas hasta llegar a la entrada de la abadía, donde montó sobre el animal y lo puso al galope. Su instinto lo llevó hasta la playa, pero no detuvo a su montura hasta que sus patas rozaron el agua. Entonces, desmontó de un salto y comenzó a correr en paralelo a la orilla, cada vez más deprisa, intentando alejarse del espíritu salvaje que había dentro de él, lo que era imposible; pero se sentía tan cerca de la locura que no pensaba con claridad. Cuando le fallaron las fuerzas, cayó de rodillas en la arena y lanzó un grito lleno de rabia dirigida al dios que lo había creado así. Todos los días notaba cómo la fuerza del berserker crecía dentro de él y, aunque hasta ahora había conseguido contenerlo, esa mañana se había despertado seguro de que ya no podría seguir haciéndolo.

Estando en el ejército tuvo que presenciar, horrorizado, cómo algunos de sus amigos se habían vuelto locos y habían atacado, como si fueran perros rabiosos, al hombre que tenían más cerca, sin importarles quién era. Y cuando llegaba ese momento, ya no había vuelta atrás, la única forma de detenerlos era la muerte.

Fue después de aquello cuando Knut se juró que no permitiría que eso le ocurriera a él, porque jamás se perdonaría haber hecho daño a un inocente; y que, cuando sintiera que su berserker estaba tomando el control de su mente él mismo terminaría con todo, y hacía semanas que empezaba a pensar que ese momento ya había llegado. Decidido, se puso en pie, se desnudó y, sin pensárselo, se adentró corriendo en el mar hasta que el agua le llegó por la cadera. Entonces, se lanzó de cabeza y comenzó a nadar, alejándose todavía más de la playa. Iría a contracorriente hasta que se le acabaran las fuerzas. Sabía que cuanto más exhausto estuviera, le sería más fácil aceptar la muerte por lo que siguió braceando con rapidez.

Se detuvo cuando estaba agotado y se colocó bocarriba sobre el agua, con los brazos y las piernas extendidos, para poder flotar sin esfuerzo. Y así se quedó observando el cielo, sintiéndose en paz. Y se dio cuenta de que, por primera vez en mucho tiempo, no notaba la presencia del berserker. A pesar de eso, seguía decidido a acabar con todo hasta que, de repente y gracias a que volvía a pensar con claridad, recordó la promesa que le había hecho a Leif.

Su amigo Leif le había suplicado que llevara a Roselia al Castillo de las Ocho Torres para que asistiera a Ydril, su mujer, en el parto. Avergonzado por haber estado a punto de fallarle en un momento tan importante, maldijo en voz alta y comenzó a nadar de vuelta a la playa. No se había dado cuenta de cuanto se había alejado hasta que tuvo que volver y, cuando llegó de nuevo a la arena, se dejó caer, jadeando, de rodillas hasta que recuperó el aliento. Después, se vistió y volvió a la abadía.

Al devolver el caballo al establo se sorprendió al encontrarse allí a Roselia. La anciana lo esperaba sentada sobre un fardo de paja, pero en cuanto lo vio entrar, se levantó para acercarse a él.

—¿Qué haces aquí? —le preguntó él, bajando del caballo.

—Te he oído salir y me he preocupado.

—¿Qué te ocurre, Knut? —preguntó, observándolo cuidadosamente. Él permaneció en silencio mientras acomodaba al animal; después, le acarició suavemente el morro, le dio las gracias en voz baja por el paseo, y se volvió hacia la anciana, aunque siguió sin decir nada. Pero ella no necesitaba que se explicara, a juzgar por las palabras que le dijo a continuación —: Puedo darte unas hierbas para que las mastiques cuando sientas que tu mente empieza a nublarse. Eso te ayudará hasta que encuentres a tu pareja. —Él se quedó mirándola boquiabierto.

—¿Cómo sabes que...? —La curandera sonrió burlonamente antes de contestar.

—Los jóvenes siempre pensáis que sois los primeros a los que os pasan las cosas, pero no es así. Ya he tratado a hombres como tú antes —replicó—: Esas hierbas te ayudarán, pero solo retrasarán la transformación. La única manera de frenarla por completo es que encuentres a tu mujer.

—Mi *andsfrende* —susurró él con tono reverente y mirada atormentada. La anciana se acercó un poco más a él y afirmó, convencida:

—Sé que llevas mucho tiempo buscándola, pero la encontrarás. —Knut se la quedó mirando fijamente, sin contestar.

Desde que sus amigos se habían emparejado

y marchado a sus nuevas casas, de lo que él se alegraba mucho, no existía ningún lugar al que pudiera llamar su hogar. Ya ni siquiera se sentía a gusto en la abadía. Por eso le había parecido una buena solución acompañar a los gemelos y a su familia a Selaön, pero los dos ataques que había tenido recientemente, lo habían convencido de que no podía hacerlo.

Las siguientes palabras de Roselia lo devolvieron a la realidad:

—Voy a terminar de preparar mi bolsa para salir lo antes posible, no podemos llegar tarde. Me temo que el parto de Ydril va a ser muy complicado.

14 de abril de 1250
Vestnes, Noruega

Isolda se despertó bruscamente y vio que se había dormido arrodillada en el suelo, con la parte superior del cuerpo recostada sobre la cama de

Freydis. Con el corazón encogido recordó que había muerto. Le dolía todo el cuerpo por la postura y le ardían los ojos por haber estado llorando hasta que se quedó dormida, ya de madrugada. A pesar de que creía que ya no le quedaban lágrimas, cuando levantó la vista y vio el cuerpo de Freydis tuvo que taparse la boca para que no se le escapara un sollozo.

Siguió conteniendo el sonido de su dolor con la mano para que no se escuchara fuera de la habitación y, cuando se tranquilizó, se levantó trabajosamente como si fuera una anciana en lugar de una joven de diecinueve años. Caminó los pocos pasos que la separaban de la mujer que lo había sido todo para ella y le dio un beso en la helada mejilla. Después, acarició su pelo blanco a la vez que murmuraba:

—Gracias por todo, Freydis. Nunca te olvidaré.

—Salió de la habitación recordando la promesa que le había hecho la tarde anterior cuando le había asegurado que Ebbe, su hijo, liberaría a Isolda cuando ella muriera. Caminó lentamente por el pasillo hasta llegar a la cocina y estaba a punto de entrar para preparar el desayuno para Ebbe y su mujer, pero se detuvo al escuchar la conversación que mantenían entre los dos, a través de la puerta entreabierta.

—Ya te he dicho que no tienes de qué

preocuparte, Annik, solo tenemos que aguantar unas horas más. Mañana vendrá a recogerla el tratante al que se la he vendido.

—Tu madre hizo mucho mal a esa muchacha tratándola como si fuera de la familia, por eso no sabe cuál es su sitio. Y eso es lo peor que le puede ocurrir a un esclavo —contestó Annik, la mujer de Ebbe.

—El comprador está avisado de que le puede dar problemas y por eso va a venir con dos de sus esclavos más fuertes. Me ha asegurado que sabe cómo tratar a los esclavos rebeldes.

—Espero que la trate como se merece. —Ebbe rió por lo bajo, totalmente de acuerdo con su mujer.

—Él mismo me ha asegurado que en menos de una semana conseguirá que actúe como una esclava obediente. Y que no le temblará la mano si tiene que lograrlo a base de golpes. —A través de la rendija de la puerta, Isolda vio que Ebbe se levantaba y que decía a Annik—: Vamos, todavía tenemos que preparar el entierro de mi madre. Mañana, la casa y las tierras serán nuestras.

Horrorizada, Isolda volvió a su habitación lo más rápido y silenciosamente que pudo. Se sentó en la cama y se quedó allí, inmóvil, durante largo rato hasta que se obligó a reaccionar y comenzó a pensar en cómo huir del cruel destino que Ebbe le había preparado.

Cuando el matrimonio volvió, horas más tarde, ella actuó como si no supiera nada. Les sirvió la comida cuando llegó la hora y por la tarde acudió al entierro de Freydis, sin percatarse de que fue la única que lloró. Por la noche les hizo la cena y luego fregó y recogió la cocina antes de volver a su habitación, supuestamente para dormir, aunque en realidad en ese momento puso en marcha su plan.

Antes de empezar con él, estuvo mirándose un rato en el pequeño trozo de espejo que guardaba en su cuarto. Observó su piel clara, las pecas que tenía en la nariz y sus grandes ojos verdes; y, cuando su mirada se posó en su largo pelo negro, sus labios temblaron, pero inspiró hondo, cogió las tijeras que utilizaba para destripar el pescado y comenzó a cortarse el pelo con ellas. Se lo dejó lo más corto que pudo y después se tiñó la cara, las manos y el cuello con la cera oscura que se utilizaba para que los zapatos y las botas no dejaran pasar el agua.

Cuando terminó, guardó el bote de cera en el hatillo que había hecho con un trozo de sábana vieja, y donde ya había metido un poco de comida. A continuación, se vendó los pechos lo más fuerte que pudo con otro trozo de sábana, y se vistió con unos pantalones y una camisa que usaba Ebbe cuando era un niño. A pesar de que ella ya tenía diecinueve años, era tan bajita y delgada, que los pantalones le quedaban un poco grandes y tuvo que sujetárselos a la cintura con un trozo de cuerda. Guardó otro par de pantalones y otra camisa de repuesto en el hatillo y se puso la capa que Freydis le había regalado el invierno anterior; después, con sus botas en la mano para no hacer ruido, salió al pasillo. Caminó hacia el portón de la calle sigilosamente, escuchando los ronquidos de Ebbe que dormía con la puerta abierta, lo abrió lentamente y cuando salió de la casa se puso las botas y se alejó lo más rápido que pudo.

No podía ir a ningún pueblo cercano porque Ebbe la buscaría, por lo que iba a intentar llegar hasta Molde que estaba a unos nueve kilómetros; se decía que allí siempre había trabajo, lo que era bastante raro en aquella zona del país. Pero como no quería recorrer el camino del Norte de noche, cuando salió del pueblo se dirigió a una granja cercana que sus dueños habían abandonado recientemente. Allí, en el establo, sobre un montón de paja y abrigada con su capa, se tumbó a pasar la noche, aunque fue incapaz de dormir. Y en cuanto amaneció, volvió a ponerse en camino, decidida a llegar lo antes posible a su destino.

Anduvo sin descanso hasta el mediodía, cuando se detuvo para comer y beber algo; entonces pasó delante de ella una carreta conducida por un anciano de larga barba blanca, que se detuvo al verla. Se la quedó mirando y preguntó:

—¿Dónde vas, muchacho? —Isolda contestó con su voz más grave:

—A Molde.

—Yo voy al mercado de Molde. Si quieres, puedo llevarte.

—Yo también voy al mercado —replicó ella. Freydis siempre decía que el mercado de Molde era el mejor lugar de toda la comarca para encontrar trabajo.

—Entonces, sube —ofreció él. Isolda cogió sus cosas y subió a la carreta. El anciano sacudió las riendas y el caballo se puso en marcha—: ¿Cómo te llamas, muchacho?

—Niels, señor —respondió con seguridad porque había estado practicando toda la mañana, mientras caminaba, para acostumbrarse al nombre que había decidido utilizar.

—Yo soy Baldur. Y dime... ¿por qué un muchacho tan joven como tú quiere ir al mercado de Molde? ¿Es que tienes que comprar alguna cosa?

—No, señor. Necesito un trabajo. —Baldur asintió, pensativo.

—Si es así, puedo presentarte a Birder; si quieres. Es el que me compra la mercancía —añadió señalando con un gesto las canastas de verduras que llevaba en la parte trasera de la carreta—, y es al que todo el mundo se dirige en Molde cuando busca trabajo.

—Gracias, señor —contestó Isolda, parpadeando al sentir que se le humedecían los ojos por la amabilidad del desconocido.

Siguieron hablando hasta que llegaron a Molde y cuando Baldur detuvo la carreta, Isolda lo ayudó a descargar la verdura y a llevarla al puesto del mercado. Y allí, Baldur le presentó al dueño.

—Birder, este amable muchacho que ha venido conmigo se llama Niels y busca trabajo. Sabe cocinar, pero puede limpiar o hacer cualquier otra cosa. No te arrepentirás si se lo recomiendas a alguien, porque es muy trabajador. —Birder se la quedó mirando fijamente y contestó:

—Precisamente ayer alguien me dijo que buscaba un cocinero para un barco, pero no sé si es lo que estás buscando porque el trabajo implicaría embarcar dentro de poco y no volver en algún tiempo.

—Eso no me molestaría, señor —replicó ella enseguida, pensando que era lo mejor que le podía pasar. Si se alejaba lo suficiente, se aseguraría de que Ebbe no la encontraría jamás.

—Antes de que vayas a pedir el trabajo debes saber que los Falk son muy exigentes, aunque justos, y que el resto de la tripulación que va a ir en ese viaje, excepto el grumete, son soldados de su ejército. —Isolda irguió la barbilla y contestó con voz ronca:

—No temo a los soldados y soy buena cocinera.

—Por lo que he oído, eso es más de lo que se puede decir de los cocineros que los Falk han probado hasta ahora, así que puede que tengas suerte —contestó Birder. Se giró hacia su derecha y señaló con la mano un promontorio que se veía a lo lejos, sobre el que estaba el gran castillo que dominaba el pueblo. —Si quieres intentarlo, tendrás que subir hasta allí —añadió.

—¿Tengo que ir a ese castillo? —preguntó ella con los ojos como platos. El tendero rio, antes de exclamar:

—¡No, muchacho! Cuando llegues ahí arriba gira a la izquierda y verás que hay dos edificios grandes de madera. Entra en el más cercano y pregunta por Skoll. Creo que a esta hora todavía estará por allí.

—Gracias, señor —contestó Isolda. Se volvió hacia el anciano que la había traído y dijo—: Y gracias a usted también, Baldur. —Él asintió con expresión seria y contestó:

—Que tengas mucha suerte, Niels.

Isolda se puso en camino y antes de darse cuenta ya había subido la pendiente. Tal y como le había dicho el tendero en cuanto estuvo arriba vio dos construcciones de madera y entró en la primera. Se trataba de una cabaña gigantesca en la que la mitad del espacio estaba ocupado por decenas de camas; pero Isolda solo pudo echar un rápido vistazo porque a su izquierda, cerca de la entrada, había un hombre totalmente calvo, de piel oscura y ojos azules e intimidantes, sentado frente a una mesa y con unos papeles en la mano, que se la quedó mirando.

—Buenos días. Me manda Birder, vengo por el trabajo —dijo ella, acercándose

—Buenos días. ¿A qué trabajo te refieres? —preguntó el hombre enarcando las cejas.

—Birder me ha dicho que viniera aquí y preguntara por Skoll. Dijo que buscaba un cocinero —aclaró, nerviosa. El desconocido dejó los papeles en la mesa, cruzó los brazos recostándose sobre el respaldo de su silla y entornó los ojos.

—Pareces demasiado joven para ser cocinero. ¿Qué edad tienes?

—Diecinueve, señor.

—Llámame capitán —ordenó él, tajante.

De repente, ambos escucharon el ruido de la puerta al abrirse y el capitán se levantó inmediatamente al ver quién era, y su gesto suspicaz se transformó en otro de profundo respeto. El recién llegado, que era un hombre alto, delgado y moreno y que tenía los ojos de un extraño color plata, se acercó a Isolda y la miró con curiosidad.

—¿Nos conocemos? —preguntó educadamente. Ella sacudió la cabeza de lado a lado.

—No, señor. He venido a pedir trabajo —contestó, empezando a temer que no se lo darían.

—¿Cómo te llamas?

—Niels, señor.

—Bien, Niels. Yo soy Einar. —Alargó la mano para saludarla y ella se la estrechó como había visto que solían hacer los hombres. Después, Einar añadió—: Veo que tienes callos en las manos, eso quiere decir que no te asusta trabajar.

—No, señor —confirmó ella, devolviéndole la mirada. Einar se volvió hacia el capitán.

—¿Vas a probarlo?

—¿No te parece muy joven? —replicó Skoll. Como respuesta, Einar preguntó a Isolda:

—¿Cuántos años tienes?

—Diecinueve. Solo pido que me den una oportunidad. Dejen que cocine para ustedes y les demostraré lo que sé hacer —afirmó, temblando por dentro. Einar le dijo a Skoll:

—Egil solo tiene diecisiete. Y hemos tenido grumetes más jóvenes.

—Eran mucho más grandes y fuertes que este

—murmuró el capitán.

—Te recuerdo que zarpamos en dos semanas y estamos sin cocinero. En cuanto a su fuerza, tendrá a Egil para ayudarlo con las tareas más pesadas. Es suficiente con que sepa cocinar. —Volvió a dirigirse a Isolda—: ¿Qué dices? ¿Crees que vas a ser capaz de dar de comer a treinta personas, la mayor parte de las cuales son como lobos hambrientos? —Isolda lo pensó bien antes de contestar.

—Creo que sí, aunque nunca he hecho nada parecido. Y estoy de acuerdo en no cobrar mientras estoy a prueba. —Einar se rio a carcajadas al escucharla. Miró a Skoll y le dijo:

—Es listo. Me gusta. ¿Tú qué dices?

—Supongo que podemos probarlo a ver cómo va —aceptó él, sorprendiendo a Isolda—. Aunque ya sabes lo difícil que va a ser que Helmi le dé el visto bueno.

—Si cocina bien, lo aceptará.

—Entonces, ¿se lo vas a llevar?

—Nadie mejor que ella para decidir si sabe cocinar o no—replicó Einar en tono serio. El capitán se encogió de hombros y él ordenó a Isolda—: Sígueme. Vas a tener la oportunidad de demostrar lo que sabes hacer.

Ella obedeció después de despedirse del gigantesco Skoll, que le devolvió el saludo con una mirada intimidatoria. Pero en ese momento eso no la preocupó, solo pensaba en quién sería esa Helmi a quien los dos hombres parecían respetar tanto.

Poco después se sorprendería al saber que era la cocinera del castillo.

DOS

Castillo de las Ocho Torres
Tau, Noruega

Knut volvía de uno de sus largos paseos por el bosque cuando se encontró con Magnus que caminaba pensativo por los alrededores del castillo. Preocupado, se acercó a él con rapidez.

—¿Cómo va todo? —preguntó. El antiguo fraile se sobresaltó al escucharlo porque estaba tan ensimismado en sus pensamientos que no lo había visto salir de la arboleda. Contestó con voz contenida:

—El parto se está poniendo cada vez más complicado y no consigo dejar de recordar que, cuando mi hermana tuvo a Leif y a Finn, estuvo a punto de morir. Sinceramente, creo que solo sobrevivió gracias a su testarudez —añadió con una tensa sonrisa.

—Pues si lo que hace falta para salvarse es ser una cabezota, no te preocupes que Ydril lo logrará —replicó Knut, consiguiendo hacerlo reír.

—En eso tienes razón, porque no hay nadie más testarudo que mi Ydril.

Se sentaron sobre una gran roca que había junto a la casa y que la familia utilizaba en algunas ocasiones cuando querían ver ponerse el sol sobre el mar. Después de permanecer un rato en silencio, roto solo por el sonido de los pájaros y del agua del río que corría paralela a la linde del bosque, Magnus recordó algo que quería decirle a Knut desde hacía días.

—Te agradezco mucho que hayas traído a Roselia y también que la acompañes de vuelta a la abadía cuando el parto acabe. Sé que debería haberlo hecho yo, pero no quería separarme de Ydril.

—No supone ningún esfuerzo para mí, al contrario. Me viene bien estar ocupado. —Magnus arrugó la frente, observándolo. Dudó durante unos segundos, pero finalmente se decidió a hablar:

— Voy a preguntarte algo, pero si prefieres no contestar, lo entenderé. ¿Pasó algo cuando fuiste a visitar a Gilda y a Orvar? A todos nos extrañó que abandonaras tan pronto su casa y, más aún, que decidieras venir a Selaön con nosotros... —Knut no tenía por qué ocultarle la verdad.

—Estando allí me di cuenta de que necesitaban estar solos. —Su mejor amigo, Orvar, se había casado recientemente con una rica heredera, dueña de un gran castillo, y lo había invitado a vivir con ellos tanto tiempo como quisiera. —Orvar insistió para que me quedara, pero yo sabía que no debía hacerlo. Estuve lo suficiente para ayudarlo a instalarse y a solucionar algunos problemas que tuvo al principio.

—Pero después no volviste aquí... —replicó Magnus puesto que Leif y Finn, sus sobrinos, lo habían invitado a vivir en *Ocho Torres*.

—No. Fui a la abadía, pero ya no es igual que antes. —No hizo falta que dijera nada más puesto que Magnus sentía lo mismo, que aquel ya no era su hogar. —Podría haber ido a visitar a otro de mis amigos casados, pero me pasaría lo mismo que en casa de Orvar. Y es que todos los del grupo han encontrado a su *andsfrende*, menos yo. —Suspiró profundamente antes de continuar—: Cazo y pesco desde que tengo memoria, lo que implica pasar muchas horas solo, pero nunca me había sentido realmente solo, hasta ahora. Y por primera vez en mi vida creo que la soledad me está destrozando por dentro—confesó sin amargura—. Fue por eso por lo que había decidido aceptar vuestra oferta y

acompañaros a Selaön, pero ya no puedo hacerlo.
—Magnus lo miró sorprendido.
—¿No quieres ir? —La sonrisa de Knut no llegó a sus ojos.
—Al contrario. Me encantaría, pero no puedo. Os pondría a todos en peligro.
—¿Lo saben mis sobrinos?
—Todavía no. Y debería habérselo dicho a ellos primero, pero …— se encogió de hombros sin saber por qué se lo acababa de contar a Magnus—. Todavía no se lo digas, por favor. Quiero esperar a que Ydril dé a luz antes de hacerlo. Después, acompañaré a Roselia de vuelta al hospital y luego…, ya veré lo que hago.

Magnus adivinó que su intención después de llevar a Roselia era terminar con su vida de una manera o de otra. Pero aparentó que aceptaba su petición de no decir nada a sus sobrinos, aunque había decidido a contárselo todo a Finn en cuanto pudiera.

Ydril tenía los ojos cerrados y respiraba con jadeos cortos, como Roselia le había indicado, tratando de aprovechar al máximo el poco tiempo que tenía antes de cada contracción. A pesar de que todas las mujeres a las que les había preguntado por el parto le habían dicho que los dolores eran terribles, nunca se había llegado a imaginar que serían tan desgarradores; además, llevaba tantas horas de parto que empezaba a pensar que no iba a sobrevivir al nacimiento de sus hijas. A pesar de ese fúnebre pensamiento y de que las fuerzas le estaban empezando a fallar, estaba decidida a luchar hasta el final; no solo por sus niñas y por ella misma, también por Leif, porque sabía lo que le ocurriría si ella moría.

—Cariño, estoy aquí. —Abrió los ojos sin dejar de jadear con la boca entreabierta y vio a Leif sentado a su lado en la cama, inclinado sobre ella. Cogió una de sus manos y la colocó sobre su pecho, para que Ydril pudiera sentir su corazón. Sabía que era su forma de decirle que solo latía por ella, algo que le había dicho a menudo cuando estaban a solas. Ella sonrió débilmente intentando calmar el miedo que veía en su mirada.

—Hola —contestó, con voz ronca por los gritos que daba cada vez que tenía una contracción de las fuertes. Lo hacía siguiendo el consejo de Lisbet, su suegra, a la que adoraba y que ahora estaba refrescándole la frente con un paño húmedo desde el otro lado de la cama. Buscó a Adalïe con la mirada y vio que se había alejado un poco y que estaba hablando con Roselia en voz baja. La curandera parecía estar diciéndole algo importante a su querida cuñada, que escuchaba y asentía. Poco después, con el rostro más serio de lo habitual, Adalïe volvió a acercarse a la cama y se quedó de pie junto a Lisbet, que se giró hacia ella intentando adivinar qué ocurría. Entonces, con su característica y armoniosa voz, Adalïe dijo, mirándola:

—Roselia cree que tenemos que intentar algo distinto y que deberíamos quedarnos ella y yo a solas contigo.

—No pienso moverme de aquí —aseguró Leif mirando a Adalïe con expresión tozuda, sin soltar la mano de Ydril que soltó un gemido porque estaba teniendo otra contracción, larga y dolorosa. Leif se olvidó de todo y besó la mano que estrujaba la suya, mientras se le partía el corazón al ver que no podía hacer nada que aliviara el sufrimiento de su mujer. Cuando el dolor pasó, Ydril susurró, casi sin fuerzas:

—Deja a Adalïe que se explique, cariño. Si puede hacer algo para que esto acabe antes, se lo agradeceré en el alma. No...no creo que pueda soportar mucho más —confesó, pálida, provocando que Leif la mirara aterrado. Lisbet, que había dado la vuelta a la cama para acercarse a su hijo, le puso la mano suavemente en la espalda y le dijo:

—Cariño, sabes el bien que le ha hecho Adalïe a Ydril desde que se quedó embarazada y que jamás le haría daño.

—Lo sé —murmuró, lanzando una mirada de disculpa a su cuñada, que sacudió la cabeza comprensivamente. También parecía estar muy cansada, lo que era lógico puesto que no se había separado de Ydril desde que todo había empezado—. ¿Por qué no puedo quedarme con vosotras? —preguntó, resistiéndose a dejar a su mujer. Adalïe contestó con voz paciente:

—Las niñas están tan a gusto en el vientre de su madre que no quieren abandonarlo, pero Roselia cree que puedo convencerlas cantando.

Ni Lisbet ni Leif se extrañaron al escucharla, puesto que ya habían presenciado la magia que era capaz de crear Adalïe cuando cantaba en el idioma de las hadas.

—Cuanta menos gente haya en la habitación, más fácil será para las niñas escuchar su voz y seguirla —añadió Roselia, interviniendo por primera vez en la conversación mientras se secaba las manos. Se las acababa de lavar en una jofaina que había sobre una mesita cerca de la cama.

Roselia era la mejor curandera de Bergen, aunque ahora trabajaba en el hospital de la isla de Mosteroy. Al igual que la madre de Adalïe, ella también procedía de la isla de Selaön y en cuanto Ydril se quedó embarazada, vaticinó que su parto sería difícil.

Leif miró a su mujer. Estaba cada vez más pálida y la mano que él no sujetaba la tenía sobre su gran vientre, como si tratara de proteger a sus hijas. Se inclinó sobre ella y susurró:

—Cariño, ¿qué quieres que haga? Haré lo que tú me digas.

—Si Adalïe dice que es lo mejor, deberías marcharte —susurró. Aunque era lo último que ella quería, confiaba ciegamente en Adalïe. Leif la besó en los labios con expresión de adoración; después le murmuró algo que solo escucharon los dos, se levantó, besó a su cuñada en la mejilla y le dijo:

—Cuida de ella, por favor. Es toda mi vida. —

Adalïe, sobrecogida por el miedo que había en sus ojos, que eran exactamente iguales a los de su marido, lo abrazó durante un momento y murmuró junto a su oído:

—Tranquilízate, cuñado. Todo irá bien.

Algo más sereno, él se marchó acompañado por su madre.

Adalïe se sentó en la cama junto a Ydril y la miró con una sonrisa y, mientras la curandera preparaba el bebedizo que la ayudaría a soportar el esfuerzo final del parto, le dijo:

—Voy a necesitar que me ayudes un poco. —Ydril asintió y apoyó las palmas de las manos en su barriga tratando de transmitirles su amor a sus hijas en ese momento tan importante. Confiaría su vida y la de ellas a Adalïe, sin dudarlo, puesto que ninguna de las tres estaría viva a estas alturas si no fuera por ella. —Mientras canto para intentar atraer a las niñas hacia mi voz, intentaré cederte parte de mi fuerza para que aguantes hasta el final. No te resistas cuando sientas que la luz entra en tu cuerpo. No sentirás dolor, solo algo de calor.

—Está bien —contestó Ydril con voz ronca.

Entonces, Adalïe puso sus manos sobre las de ella, sus ojos plateados se cerraron y comenzó a cantar.

Cuando Leif y Lisbet entraron en la salita, el resto de la familia se volvió hacia ellos con expresión inquisitiva.

—Adalïe necesita estar a solas para emplear su don con Ydril y las niñas —dijo Lisbet mientras se acercaba a su marido y a Magnus, que estaban de pie junto a la puerta. Al escuchar las palabras de su madre, Finn lanzó una mirada preocupada en dirección a la escalera que llevaba a las habitaciones, porque cuando su mujer utilizaba el extraordinario poder con el que había nacido, a menudo se excedía y terminaba muy debilitada.

Diciéndose que no servía de nada preocuparse antes de tiempo, lanzó una mirada a Knut y los dos se acercaron a Leif para intentar distraerlo.

—¿Cómo está Ydril? —preguntó Magnus a su hermana, impaciente. Aparte de Leif, era el que más sufriría si algo le pasaba, ya que la quería como a una hija.

—Muy cansada —reconoció Lisbet, apartando la mirada antes de que su hermano o su marido pudieran leer en ella lo preocupada que estaba.

Esben abrazó a su mujer con ternura y su mirada voló hacia sus hijos que estaban hablando con Knut en voz baja, y después hacia Magnus, su cuñado, que era como un hermano para él.

Adalïe le había pedido a Ydril que cerrara los ojos y que se dejara llevar y cuando obedeció, sintió que una luz la recorría lentamente por dentro y que a su paso el cansancio desaparecía. La canción de Adalïe le hizo pensar en montañas majestuosas, lagos cristalinos y en la cálida luz del sol entre las hojas de los árboles en una tarde de verano. Hizo que recordara la enorme felicidad de la que había disfrutado desde que había conocido a su marido, y que la vida es un regalo único y maravilloso que no se puede desperdiciar.

Cuando la canción terminó, Ydril respiró hondo y abrió los ojos sintiéndose pletórica y llena de energía. Sin embargo, Adalïe parecía estar mucho más cansada, pero sonrió y le dijo:

—Creo que tus hijas han decidido salir. —

Ydril le devolvió la sonrisa y Roselia se limpió las lágrimas antes de subirse a la cama para arrodillarse entre las piernas de Ydril. Tocó suavemente sus rodillas para que las separara y dijo:

—Prepárate. Ha llegado el momento.

TRES

Residencia de los reyes.
Bergen, Noruega

El dormitorio era un hervidero de criadas que se movían de un lado a otro sin cesar, preparando el equipaje del príncipe heredero bajo la mirada de halcón de la reina Margarita, que estaba de pie en medio de la habitación. Así se aseguraba de que en los dos grandes baúles que se bajarían a la bodega del barco real, su hijo tendría todo lo que pudiera necesitar durante el viaje. Estaba diciéndole a una criada donde debía guardar los dos pares de pantalones que Haakon prefería para montar a caballo, cuando escuchó la voz del jefe de sus espías, que también era su primo, Horik Bardsson.

—Esto es una locura. —Margarita giró el rostro hacia el umbral de la puerta donde él la esperaba siguiendo sus órdenes, puesto que lo había mandado llamar hacía unos minutos, dio las últimas instrucciones a la criada y después se acercó a él.

—Vamos a mis habitaciones. Tenemos que hablar. —Horik asintió, sereno. Esperaba esa conversación desde que supo que el príncipe Haakon los acompañaría a Selaön.

En el dormitorio de la reina, se sentaron junto a la ventana que daba al impresionante fiordo que había en la parte trasera del castillo. Margarita se arrellanó en su silla preferida, una de terciopelo, cerró los ojos, y Horik se preocupó. Tenía tanta energía y seguía moviéndose tan ágilmente que todos los que la rodeaban olvidaban que ya era casi una anciana, igual que el rey.

—¿Te encuentras bien, prima? —Su pregunta hizo sonreír a la reina. Abrió los ojos y le respondió:

—Solo un poco cansada, pero no me importa si de esa forma consigo que me llames prima por una vez. —Le lanzó una mirada perspicaz que hizo que Horik riese por lo bajo moviendo la cabeza. En realidad, eran los padres de Horik y los de ella los que eran primos hermanos, pero Margarita siempre insistía en que la llamara prima, aunque él no solía hacerlo.

—Pero no estás así solo por el cansancio —afirmó Horik, que la conocía bien.

El príncipe había tenido un ataque muy grave

durante su último viaje y, gracias a ese incidente y a la intervención de un médico árabe llamado Ahmad Fadlan, los reyes se habían enterado de que su hijo era un berserker y que no estaba loco, como les habían hecho creer todos los médicos, hechiceros y curanderos que lo habían examinado desde que era un niño. Y por eso habían decidido que Haakon fuera a Selaön con la delegación real, siguiendo las instrucciones de Ahmad, que pensaba que era lo mejor para él. La finalidad inicial de ese viaje era comprar la producción de un año de unas minas que había en la isla, de las que se extraía la plata más pura del mundo, para acuñar las nuevas monedas del reino. Pero a Margarita le preocupaba enviar a su hijo a un lugar del que se sabía tan poco.

—Siempre he dicho que eras el más listo de la familia —afirmó, observando a Horik con una sonrisa llena de cariño—. Me tranquiliza saber que tú e Inge acompañaréis a Haakon. —Inge era la mujer de Gregers Dahl y la amiga más íntima de Margarita, y Gregers era el diplomático a quien el rey le había confiado la misión.

—También irán sus amigos y ese médico árabe. Haakon estará muy bien cuidado —añadió Horik, tratando de tranquilizarla.

—Sí, sé que tú, Axel, Daven y Bjorn haríais lo que fuera por mi hijo —reconoció ella con un suspiro—. En cuanto a Ahmad, ha sido una suerte que estuviera aquí cuando Haakon llegó de viaje— confesó.

—¿Al final Voring no va a venir? —preguntó Horik porque se llevaba muy bien con el hijo de Gregers y esperaba que también viajara con ellos, pero había tenido que marcharse a una misión secreta un par de semanas atrás siguiendo órdenes del rey.

—No. El asunto por el que Haakon le envió a la corte francesa todavía no se ha solucionado y parece que tardará algún tiempo en resolverlo.

—Siento oírlo porque nos habría servido de ayuda. Es un gran diplomático.

—Lo sé. —Margarita se lo quedó mirando fijamente y susurró:

—Quiero que me prometas que cuidarás de él. —Al escucharla, Horik se sintió algo ofendido porque pensara que tenía que pedírselo, pero olvidó ese sentimiento enseguida.

—Lo protegeré con mi vida, te lo juro. Ya he hablado con sus amigos y todos cuidaremos de él. No le pasará nada —aseguró, muy serio.

Margarita sonrió observando los rasgos fuertes y los tormentosos ojos azules de su primo.

—Gracias, querido —contestó sonriente—. Sabía que lo harías, pero me tranquiliza escuchártelo decir. No sé qué haría yo sin ti.

—Afortunadamente nunca tendrás que averiguarlo —replicó él enseguida, haciéndola reír.

—Es cierto. Y ahora que está todo aclarado, debo volver a la habitación de mi hijo para asegurarme de que en sus baúles lleva todo lo que pueda necesitar.

Se levantó ágilmente y caminó hacia la puerta como si tuviera treinta años menos.

Castillo de las Ocho Torres
La noche anterior a la partida

Knut estaba sentado bajo uno de los viejos árboles que había en la parte trasera del castillo de los Lodbrok, observando las estrellas. Creía que nadie se habría dado cuenta de que había desaparecido después de la cena, hasta que escuchó unos pasos acercándose a él en la oscuridad. Era Finn.

—Así que estás aquí.

—Sí —contestó lanzándole una rápida y

frustrada mirada porque le apetecía estar solo. Por un momento sintió no haberse alejado más del castillo, pero se obligó a relajarse y a sonreír a su amigo. Al fin y al cabo, aquella era su casa y él solo un invitado, aunque siempre lo acogieran como si fuera un miembro más de la familia.

Finn se sentó a su lado y ambos estuvieron observando el firmamento cuajado de estrellas, durante un largo rato en un cómodo silencio. Él sabía que Knut a veces necesitaba estar solo, pero en esta ocasión no había respetado sus deseos porque era muy importante que hablara con él.

—Magnus me ha dicho que no quieres ir a Selaön y que tampoco vas a volver al hospital. —Knut maldijo en silencio, aunque tenía que haber imaginado que Magnus no le guardaría el secreto. —Me lo ha contado porque está preocupado por ti —añadió Finn—. Y yo también. Últimamente estás muy callado y siempre evitas la compañía de Leif y la mía.

Ambos gemelos conocían por experiencia propia la oscuridad que acechaba a su amigo y entendían, mejor que nadie, la furia y la desesperación que podía desatarse en su interior en cualquier momento. Cansado de secretos, Knut decidió ser sincero con él.

—Magnus te ha dicho la verdad.

—¿Qué ha pasado? ¿Has tenido algún problema

con los soldados que viven en el hospital?

—No, pero sin vosotros y sin Magnus, ya no siento aquel lugar como mi hogar. —Miró a los ojos a su amigo antes de confesarle—: Y hay algo más. He tenido dos ataques recientemente, aunque no han sido muy violentos y no han durado mucho —aclaró—. Y por eso he decidido no acompañaros al viaje, porque me da miedo que me dé otro cuando estemos en alta mar. Ahora, cuando noto que estoy a punto de perder el control me voy al bosque hasta que se me pasa, pero eso no podré hacerlo en el barco.

—¿Ha llegado el berserker a poseer tu mente por completo alguna vez? —preguntó Finn sin sorprenderse.

—Todavía no, pero su fuerza crece día a día. Se me acaba el tiempo, Finn. —Su amigo asintió comprensivamente y le dijo:

—Precisamente ayer estuve hablando con Adalïe sobre ti. Ya sé que tú no crees demasiado en sus poderes —añadió con voz comprensiva y cuando vio que Knut iba a replicarle, levantó la mano para que no lo hiciera—. No, no tienes que explicarte... Si te entiendo mejor que nadie, porque si yo no hubiera sido testigo de algunas de las cosas que ella ha hecho, tampoco lo creería. Knut, casi nadie lo sabe, pero Adalïe tiene visiones de algunos hechos antes de que ocurran y ha tenido una visión sobre ti estando en el barco, y dice que si vas a Selaön encontrarás a tu *andsfrende*.

—Ya no creo que eso ocurra nunca —confesó él dejando que, por una vez, la amargura que sentía se filtrara en su voz.

—Mi mujer me ha asegurado que ocurrirá y yo confío plenamente en ella.

—Entonces, Adalïe cree que mi *andsfrende* me espera en Selaön... —preguntó Knut, deseando creerlo. Finn contestó:

—Confía en mí, amigo. Si Adalïe dice que conocerás a tu mujer, así será. —Como Knut no parecía muy convencido, insistió—: Acompáñanos en este viaje y deja que te ayudemos como tú nos has ayudado cuando más lo necesitábamos.

—No creo que sea buena idea.

—Leif y yo te vigilaremos, y mi padre y Magnus también pueden ayudar. Entre los cuatro nos aseguraremos de que no estés nunca solo.

—Eso no es suficiente, Finn. ¿No te da miedo que esté en el mismo barco que tu familia? Además, tu hermano se va a llevar a sus pequeñas, unas niñas recién nacidas... —sacudió la cabeza, aterrorizado —No puedo arriesgarme a hacer daño a una de ellas involuntariamente.

—Hay una solución. Podrías viajar con los Falk.

—Knut lo miró, extrañado, porque no veía ninguna

diferencia en el hecho de cambiar de barco y Finn se explicó—: Hace unas semanas, vinieron a visitarnos; ya sabes que Adalïe es la sobrina de la mujer de Ulrik y la quieren mucho. En una ocasión en la que me quedé a solas con Einar me contó que van a instalar una jaula en uno de los camarotes de su barco. Cuando le pregunté para qué querían una jaula, me contestó que era por si alguno de sus hombres sufría un ataque en alta mar. No olvides que casi todos sus marineros, al igual que Einar y Ulrik, son berserkers.

—¿Una jaula? —preguntó Knut, incrédulo.

—Sí, con barrotes de hierro, como las de los calabozos que teníamos en la isla— afirmó. Luego, ladeó el rostro, pensativo—. Después de aquella conversación, me di cuenta de que ellos aceptan su condición de berserkers con más naturalidad que nosotros. Por eso siempre están más preparados para todo. —Knut permaneció callado con la mirada fija en el bosque que tenían frente a ellos— ¿Qué dices? ¿Viajarías en el barco de los Falk?

—Lo pensaré. —Seguía teniendo algunas dudas. Finn sonrió y agregó:

—Merece la pena la espera, Knut. Cuando encuentres a tu *andsfrende*, conocerás una felicidad que sobrepasará todo lo que hayas imaginado hasta ese momento.

Knut suspiró profundamente y volvió a mirar

las estrellas como si estuviera buscando una respuesta en ellas. Después de unos minutos confirmó:

—Está bien, si Einar y su familia están de acuerdo ...iré con ellos en el barco.

Finn asintió, pero en lugar de volver enseguida con su familia se quedó un rato con Knut.

Molde, Territorio del Norte
Fortaleza de los Falk

Isolda se despertó bruscamente de la pesadilla, pero se relajó al escuchar el relincho de los caballos junto a los que dormía todas las noches. Había conseguido que Skoll aceptara que durmiera allí y no con el resto de los marineros en la cabaña grande, con la excusa de que solía gritar en sueños. Pero no sabía lo que ocurriría cuando embarcaran.

Se sentó en el camastro de paja tratando de alejar de su mente los residuos de la angustia provocada por el mal sueño. No recordaba casi nada de la pesadilla, solo que en ella aparecía Jharder, un marinero que la había tomado con ella desde que se habían conocido y al que evitaba siempre que podía. El resto de los habitantes del castillo, incluyendo a Helmi, habían sido amables con ella desde el primer momento. Eso sí, la cocinera la hacía trabajar tanto todos los días que por las noches caía rendida en la cama.

Quizás la pesadilla la habían provocado los nervios ya que, por primera vez, ese día prepararía ella sola la comida del castillo. Estaba repasando mentalmente lo que tenía que hacer, cuando su mirada se encontró con el ancho trozo de tela que usaba todos los días para vendar sus pechos; entonces, se quitó la camisa que solía llevar para dormir y se miró el torso; estaba tan lleno de marcas rojas y lo tenía tan dolorido, que deseaba con todas sus fuerzas que la conversación que iba a tener ese día con Adalïe Falk, evitara que tuviera que volver a disfrazarse de chico; pero como eso no había ocurrido todavía, se envolvió el torso con la tela. Después, se lavó la cara y las manos con agua y jabón y, por último, cogió su espejo y se oscureció la piel con la cera, procurando extenderla lo mejor posible. Cuando terminó, el reflejo le mostró a un chico sucio, pequeño y delgado, en cuya cara solo destacaban unos grandes ojos verdes. Terminó de vestirse rápidamente y salió de los establos. Todos los días se presentaba en la cocina antes de que amaneciera porque siempre había mucho que hacer y, aunque muchas veces al acostarse estaba tan cansada que le costaba dormirse, le encantaba su trabajo y, además, había conocido a Egil.

Egil tenía diecisiete años, dos menos que Isolda, aunque era mucho más alto que ella y tenía el aspecto desgarbado de los muchachos que han crecido demasiado deprisa. Era rubio, tenía los ojos grises, y una sonrisa que la habían conquistado a los cinco minutos de conocerlo. Ella le había confesado dos días atrás que era una chica y, como respuesta, él le había contestado entre carcajadas que ya lo sabía. Tanto él como Jensen, uno de los dos timoneles que irían en el barco y que era muy amigo de Egil, lo habían averiguado enseguida. Jensen era un soldado que había perdido a su mujer y a sus hijos durante la guerra; por eso había huido de su hogar, donde todo le recordaba a su familia y había terminado en las tierras de los Falk, como ella. Era casi un anciano, aunque todavía se sentía fuerte para trabajar y era amable y paciente con Egil e Isolda. Egil lo había llevado un día a la cocina para desayunar y desde entonces, los tres lo hacían juntos.

Pero ellos no eran los únicos que sabían que

no era un chico. El día anterior había ocurrido algo que había provocado que Isolda le confesase a Helmi su secreto. Estaba caminando en dirección al castillo como todas las mañanas, cuando alguien se le acercó por detrás y le dio un golpe tan fuerte en la espalda que la hizo caer al suelo de rodillas. Antes de escuchar sus viciosas carcajadas, ella ya sabía que se trataba de Jharder, y él no se ocultó, al contrario. Se quedó de pie a su lado, regocijándose mientras observaba cómo ella se levantaba y lo miraba con los ojos entrecerrados.

—¿Qué? ¿El pequeñín se ha hecho daño? —preguntó, provocándola. Ella se mordió la lengua y apartó la mirada, recordando el consejo de Egil, que le había dicho que no lo provocara ni le contestara porque las cosas podían empeorar. Y al ver que no le replicaba, el soldado sonrió, contento de verla sometida.

—No olvides que en el barco no podrás esconderte en ningún sitio y no tendrás a esa negra para que te proteja. —Isolda se enfureció al escuchar cómo hablaba de Helmi. —Estarás completamente a mi merced —susurró, inclinándose sobre ella. Después se marchó en dirección a la taberna para beberse unos cuantos vasos de hidromiel antes de empezar a trabajar, como hacía todas las mañanas.

Cuando Isolda entró en la cocina poco después,

todavía con el susto en el cuerpo, se encontró con Helmi que estaba encendiendo el fuego para empezar a preparar el desayuno. Después tendrían que preparar la comida y más tarde la cena y cuando recogieran la cocina por la noche, se irían directas a sus camas y al día siguiente todo volvería a empezar. Con suerte, tendrían parte de la tarde libre.

Helmi era una mujer joven, alta y esbelta, de piel oscura y porte elegante. Tenía unos ojos expresivos, negros y rasgados, y el pelo muy rizado que solía llevar recogido bajo un pañuelo muy colorido. A Isolda le parecía una de las mujeres más hermosas que había visto.

—Buenos días —saludó, pero Helmi se volvió hacia ella con las manos en las caderas y le preguntó:

—¿Por qué no me habías dicho que tenías problemas con Jharder?

—No tengo problemas con él —mintió Isolda, recordando el consejo de Egil.

—Ya —contestó, mirándola fijamente, con un tono de voz que daba a entender que no la creía —. Puedes confiar en mí, ¿sabes? No le diré nada a nadie. Además, no aguanto a Jharder y no creo que haya mucha gente por aquí que lo haga. —Al ver que Isolda seguía con la boca cerrada, chasqueó la lengua y añadió—: Vamos a desayunar. Cuando vengan tus amigos que se unan a nosotros. —Sirvió un tazón con leche y un trozo de tarta del día anterior para cada una de ellas, se sentó en su silla e hizo un gesto para que Isolda lo hiciera a su lado.

Después de beber un poco de leche y de comer un trozo de tarta, Helmi dejó el tenedor sobre el plato y confesó—: Mis padres fueron esclavos durante casi toda su vida. Vivían en un país lejano, al otro lado del mar, hasta que los trajeron al mercado de esclavos de la capital donde Ulrik los compró. Y, aunque siempre los trató con honradez y fue generoso con ellos, no debería estar permitido que ningún hombre fuera dueño de otro.

Isolda se estremeció y apartó la mirada porque, aunque Freydis la había tratado con cariño, ella también era una esclava. Y si Ebbe la encontraba, la vendería igual que haría con un caballo o una vaca. Levantó la mirada hacia Helmi con los ojos brillantes por las lágrimas y la otra mujer asintió gravemente.

—¿Lo sabes desde el principio? —le preguntó Isolda con la voz ronca.

—Desde el principio no, pero al poco tiempo de llegar te relajaste y dejaste de actuar como lo haría un muchacho. Y ya solo me quedó imaginar por qué tratabas de ocultar quién eras; no me pareció que hubieras cometido ningún crimen, así que me decidí por la esclavitud —confesó haciendo una mueca—. Y no soy la única que ha descubierto que eres una chica.

—¿Quién más lo sabe?

—Los Falk. Adalïe se dio cuenta enseguida y vino a decírmelo para que estuviera pendiente de ti, por si necesitabas algo. —Isolda se tapó la cara con las manos, avergonzada, gesto que hizo reír a Helmi. —Les hace mucha gracia que insistas en llevar esa porquería en la cara y en hablar con la voz grave.

—¡Qué vergüenza! ¿Y los soldados? —Helmi negó con la cabeza.

—Olvídate de ellos. Pero tienes que ir a hablar con Adalïe.

—¿Me van a echar?

—No. —Helmi rio con todas sus ganas por la idea— Cocinas demasiado bien—bromeó—. Además, piensan que algo horrible ha tenido que pasarte para que actúes así, aunque ellos no saben nada. Einar estuvo a punto de enviar a un soldado a los pueblos de alrededor para ver si averiguaba algo sobre ti, porque no le gusta que lo engañen, pero su madre le pidió que no lo hiciera. —Por las mejillas de Isolda rodaron un par de lágrimas y Helmi, con un suspiro, alargó una mano y la puso sobre las suyas, tratando de confortarla. —Son buena gente, Niels. —De repente, agrandó los ojos sorprendida. —Acabo de darme cuenta de que no sé cómo te llamas en realidad, por lo que de momento seguiré llamándote así. Los Falk son buena gente— repitió—. Habla con Adalïe y explícaselo todo. O, si lo prefieres, cuéntamelo a mí y yo se lo diré. —Isolda se secó los ojos con el delantal. Levantó la barbilla y miró a Helmi antes de confesar:

—Mi nombre es Isolda y crecí siendo una esclava en la casa de una mujer llamada Freydis. Ella me compró en el mercado cuando era una niña, yo ni siquiera me acuerdo de mis padres ni de dónde venía. A pesar de ser mi ama, siempre fue buena conmigo y me trató como si fuera de su familia, incluso le dijo a su hijo que debía liberarme cuando ella muriera; pero él quería venderme a un mercader que es conocido por su crueldad. Freydis fue quien me enseñó a cocinar y a llevar una casa, decía que necesitaría tener una profesión cuando ella no estuviera. Desgraciadamente, era muy mayor y murió dos días antes de que yo llegara aquí. Me escapé después del entierro, en cuanto me enteré de las intenciones de su hijo.

—Pero… ¿por qué te hiciste pasar por un chico?

—Se me ocurrió que sería más fácil escapar así, porque Ebbe buscaría a una chica.

—Has sido muy valiente —opinó Helmi, pero Isolda sacudió la cabeza, negándolo.

—Te aseguro que soy cualquier cosa menos valiente.

—Si quieres, puedo hablar yo con Adalïe...

—No, prefiero hacerlo yo —contestó, decidida.

Helmi añadió después de pensarlo un momento:

—Los Falk no te van a denunciar, te lo aseguro. Los conozco muy bien. Pero te prometo que, si alguien lo hiciera, yo te ayudaría a escapar.

—¿Lo harías? ¿De verdad?

—Claro que sí. En tu situación, yo habría hecho lo mismo que tú. —Iba a decir algo más, pero escucharon las voces de Jensen y Egil acercándose por el pasillo. Cuando entraron, los dos dieron los buenos días y se sentaron en sus sitios habituales, frente a ellas. Helmi les sirvió leche y tarta, mientras Isolda les decía:

—Helmi sabía que soy una chica y dice que Adalïe también lo sabe —añadió, mirándolos alternativamente.

—¿Qué vas a hacer? —le preguntó Egil, dejando el tenedor sobre la tarta como si hubiera perdido el apetito. Isolda recogió el tenedor, se lo entregó y le dijo:

—Hablar con Adalïe. Helmi dice que no debo preocuparme. —Egil con el tenedor en la mano, pero sin volver a mirar la tarta, giró el rostro hacia la cocinera que le sonrió de forma tranquilizadora.

—Lo entenderá. Adalïe es muy buena y aquí se

hace lo que ella dice. —Egil asintió pensativamente y siguió comiendo su tarta.

Esa misma mañana, siguiendo el consejo de Helmi, Isolda fue a hablar con Adalïe que se mostró mucho más comprensiva de lo que había esperado. Además, se comprometió a contarle su historia a su marido y a su hijo y a conseguirle ropas femeninas para que estuviera más cómoda. Isolda se lo agradeció y cuando volvía a la cocina se dio cuenta de que se sentía mucho mejor ahora que todos sabían la verdad.

CUATRO

En un lugar del camino, cerca de Bergen

Al final "solo" iban a tardar cuatro días desde el Castillo de las Ocho Torres, lo que no era demasiado, ya que los que iban a caballo tenían que amoldar su paso a la carreta donde viajaban Lisbet, Ydril y las gemelas.

Esa era la última noche que pasarían en el camino y poco antes de anochecer, Knut, que era el más experto en esas cuestiones, les dijo que había encontrado un lugar seguro para acampar. Leif lo acompañó para inspeccionarlo y lo aprobó en cuanto vio el pequeño claro rodeado de árboles. Decidido, desmontó enseguida para comenzar a preparar la zona donde descansarían él, su mujer, y sus hijas.

Eligió un lugar entre dos grandes piedras que les resguardarían del viento y del fresco de la noche y recogió bastantes hojas del suelo, formando con ellas un colchón. Las niñas dormirían como siempre entre su mujer y él, para protegerlas con sus cuerpos del frío y de los animales que pudieran rondar cerca. Ydril le pasó a las gemelas y él se las dio a Lisbet y a Magnus, los dos orgullosos hermanos, que se quedaron cuidando de ellas mientras sus padres ayudaban a organizar el campamento.

Magnus adoraba a las gemelas y se había emocionado mucho cuando Ydril le había dicho que una de ellas se llamaría Magna, en su honor. A la otra la llamaban Edohy en recuerdo de la madre de Adalïe, porque si no hubiera sido por ella, ni Ydril ni sus hijas estarían vivas.

—¡Qué pequeñitas son! —murmuró Magnus, rozando con el meñique la mejilla de Edohy, a la que tenía en brazos. Lisbet, que estaba sentada junto a él, había cogido a Magna y la observaba con una gran sonrisa llena de ternura. Ambos habían disfrutado todo lo que habían podido de las pequeñas desde que habían nacido. —Hacía demasiado tiempo que no te veía tan feliz —murmuró Magnus con los deditos de Edohy agarrados a su meñique, aunque miraba a su hermana.

—Tengo dos nietas preciosas a las que puedo mimar cuanto quiero. Mi querido hermano está, después de tantos años, a mi lado y todos juntos vamos a iniciar lo que parece una gran aventura —contestó emocionada—. ¿Qué más le puedo pedir a la vida?

—Nada hermana. Nada —susurró él con voz ronca, volviendo a mirar a la bebé que tenía en brazos.

Mientras, Knut, Leif, Finn y Esben estaban quitando los arreos a los caballos. Después los llevarían al arroyo a beber y, a continuación, a un improvisado corral que Knut había montado atando cuerdas alrededor de algunos árboles, para que no pudieran escaparse durante la noche. Leif estaba quitando la montura a uno de los animales cuando su mirada se detuvo en su madre y su tío. Tenían en sus brazos a las gemelas y estaban sentados cómodamente sobre el pasto, con la espalda apoyada en un gran tronco caído, hablando en voz baja para no molestar a las niñas que estaban dormidas. Los dos parecían tan felices que se quedó observándolos. Finn, que llevaba un caballo al corral, se detuvo a su lado y le preguntó:

—¿Qué estás mirando?

—A mamá y al tío. Están como locos con las niñas.

—Todos lo estamos, hermano —contestó él. dándole una palmada en la espalda. Su padre se acercó a ellos, llevando a otro caballo de la brida, y susurró:

—Escuchad, hay algo que tengo que contaros. —Los gemelos se dieron la vuelta y se lo quedaron mirando, expectantes— He estado todo el viaje dándole vueltas a algo de lo que me enteré la última vez que estuve en la corte. Es sobre el príncipe Haakon. A la vuelta de uno de sus viajes, estuvo varios días encerrado en su habitación sin que nadie pudiera visitarlo y corría el rumor de que estaba muy grave. —Los gemelos no se sorprendieron puesto que, como todo el mundo, sabían que el príncipe estaba muy enfermo y que los médicos no conseguían curarlo. —Pero el rey me dijo que un médico árabe que estaba en ese momento visitando la corte, lo examinó y descubrió que los ataques que Haakon tiene desde hace años son debidos a que es un berserker. Los reyes prefieren que no se sepa de momento y yo les di mi palabra de que no lo contaría, pero desde que han nacido las gemelas no hago más que darle vueltas. —La mirada de Esben se desvió hacia las pequeñas que seguían en brazos de Lisbet y Magnus. —No pienso ponerlas en peligro por mantener ese secreto. Haría lo que fuera por Haakon y Margarita, pero antes que ellos, está mi familia. Os lo cuento porque necesito que me ayudéis a vigilar al príncipe. Aunque el rey me aseguró que viajaría acompañado por tres amigos y por el médico árabe, y que ellos se encargarían de él si volvía a darle un ataque, me quedo más tranquilo si nosotros tampoco le quitamos la vista de encima. —Leif y Finn lo miraban incrédulos.

—¿Cómo es posible que nadie lo supiera hasta ahora? Nosotros siempre hemos sabido que éramos berserkers, a pesar de que crecimos en un orfanato —comentó Leif con naturalidad, porque hacía tiempo que los dos gemelos se habían reconciliado con el hecho de que los secuestraran siendo bebés, apartándolos de su familia.

—No lo sé. Puede que el berserker en su caso se haya manifestado de manera distinta y que por eso nadie haya sido capaz de ver que lo era. Margarita le llegó a decir a vuestra madre que temía que Haakon hubiera heredado la enfermedad de su abuelo— confesó—. No sé si sabéis que el padre de Margarita, el rey, vivió casi toda su vida confinado en una habitación porque estaba completamente loco. Murió siendo un anciano, pero tuvo una vida horrible. —Los dos gemelos se miraron asombrados, antes de que Finn contestara:

—No lo sabíamos. En cuanto a Haakon, cuenta con nosotros para vigilarlo. Como Knut irá en el barco de los Falk, ya no tendremos que estar pendientes de él.

Esben lanzó una mirada a Leif antes de marcharse con su caballo, consciente de que él no había dicho nada. Finn esperó a que su padre se fuera, antes de susurrar a su gemelo:

—Imagino lo que estás pensando. —Leif seguía con la mirada fija en sus hijas. —: Tranquilízate. Si el príncipe se vuelve peligroso, antes de que pueda tocar un pelo a las niñas o a cualquiera de nuestra familia, tú y yo lo ataremos y lo meteremos en la jaula de los Falk —afirmó tan decidido y seguro de sí mismo, que Leif se permitió una sonrisa, antes de replicar:

—Sigamos con los caballos o no terminaremos nunca.

Mientras, Ydril y Adalïe estaban en el río rellenando los odres de agua para el día siguiente. Cuando terminaron, se acercaron a la carreta para coger la comida que habían preparado para el viaje y la dejaron junto a la hoguera que Esben estaba encendiendo.

Después de que los caballos estuvieran en el corral, Knut y Finn se fueron a recoger leña porque el fuego tenía que estar encendido toda la noche para ahuyentar a los animales. Y cuando llevaban recogidas bastantes ramas, Finn se decidió a confesar algo a su amigo:

—Adalïe cada vez duerme peor. No le he dicho nada a nadie, pero estoy muy preocupado. —Knut se detuvo y lo miró.

—¿Sigue teniendo pesadillas? —Finn se lo había

contado unas semanas atrás, pero creía que ya habían cesado.

—Sí. Por eso nos alejamos del campamento para dormir, porque a veces se pone a gritar en medio de la noche —contestó—. Dice que tenemos que llegar pronto a Selaön o pasará algo terrible.

—¿El qué?

—Cree que, si no llegamos a tiempo, morirá un inocente.

—Bueno, si todo va bien, en menos de una semana estaremos allí, ¿no es así? —replicó Knut mientras que Finn se agachaba a recoger una rama de buen tamaño.

—Eso espero. —Finn miró el montón de leña que tenían acumulado y dijo—: Con eso hay suficiente para toda la noche. —Pero antes de volver, preguntó a su amigo:

—¿Y a ti como te va con las hierbas que te dio Roselia? —Knut se encogió de hombros.

—Bien, estoy bastante tranquilo. Lo que me hace pensar que soy un idiota por no haberle pedido ayuda antes. —Hizo una mueca, pero enseguida se puso serio y añadió—: Aun así, quiero ir en el barco de los Falk.

Finn asintió comprensivamente.

—En tu lugar, yo haría lo mismo. Y por ellos no te preocupes, estoy seguro de que Einar aceptará que viajes en su barco en cuanto se lo propongas.

—Dividieron el montón de leña en dos mitades y, cargando cada uno con una de ellas, volvieron al campamento.

Einar estaba en la bodega del barco revisando la gran jaula que el herrero del pueblo había forjado con las medidas que él mismo le había dado. Hacía años que en todos sus barcos había una jaula como esa debido a que casi todos sus soldados, igual que él y también su padre, eran berserkers. Estaba en cuclillas, comprobando que estuviera bien clavada al suelo, cuando escuchó los pasos de Skoll, que se detuvo al llegar a su lado.

—¿Entonces nos vamos a llevar a esa muchacha como cocinera?

—No sé a qué viene esa pregunta. Te he visto más de una vez mojar con pan en las salsas que prepara —replicó Einar desbordando sarcasmo. Satisfecho con la calidad del trabajo del herrero, se levantó y miró a su capitán con una ceja arqueada.

—No puedo decir nada en contra de su comida, la muchacha cocina bien —reconoció Skoll.

—Habla con los hombres de la tripulación y diles que no quiero que le causen ningún problema —ordenó Einar, con gesto autoritario. Ni él ni su padre soportaban a los hombres que no trataban bien a las mujeres.

—Cuando les avisé de que Isolda era una muchacha y no un chico como creíamos todos, ya les avisé de que el que no estuviera de acuerdo con que fuera la cocinera del barco, que se marchara. Además, como va a tener un camarote para ella sola, con el único que va a tener más relación es con Egil, y con él se lleva muy bien.

—Sí, esos dos parecen hermanos —replicó Einar, tranquilizado por las palabras del capitán—. Recuerda que en un rato vendrán a traer los baúles de mi familia y el resto de la mercancía que hay que colocar en la bodega.

—Me encargaré de que lo aseguren todo bien.

—En ese momento Einar recordó algo más que quería decirle.

—Jharder sigue bebiendo. Estos días lo he visto salir varias veces de la taberna.

—En tierra sí, pero en el barco no lo hace.

—Está bien, eso es cosa tuya. Pero espero que no nos dé problemas porque ya he agotado mi paciencia con él —avisó Einar. Después, se despidió y subió a cubierta.

Pero todavía tenía que hacer algo más antes de marcharse del puerto y, cuando saltó a tierra, se alejó unos metros antes de darse la vuelta para inspeccionar la nave con ojo crítico. Desde que era muy joven había acompañado a su padre en cientos de viajes para comerciar, por lo que entendía bastante de barcos. Y quería asegurarse de que este era lo bastante seguro para que viajaran en él su familia y sus soldados.

Desde luego el barco era impresionante. Se trataba de un nuevo tipo de nave llamada Knarr, que tenía veinticuatro metros de longitud y cinco y medio de ancho. Se había construido enteramente con madera de pino traída del sur del país, excepto por la quilla y las varengas que se habían tallado en roble. Pero quizás lo más llamativo del barco era la bodega que era aún más grande que la cubierta, donde estaban los camarotes, la cocina y la zona de carga.

El constructor había pensado en todo. En la zona de la cocina había un gran ojo de buey que se podía abrir para que, cuando se encendiera el fuego, se pudiera ventilar. En cuanto al deseo de Ulrik de tener varios compartimentos, el constructor lo había resuelto instalando unos paneles de madera que se encajaban en unos carriles tallados en el suelo y en el techo, y que estaban asegurados con clavos; de modo que antes de cada viaje cada compartimento se podía agrandar o reducir, según las necesidades del propietario del barco.

Ellos habían dividido la zona de los camarotes en ocho compartimentos. Uno de ellos, el más grande, lo compartirían los marineros. En otro dormirían los padres de Einar, otro era para Isolda y otro para Einar; y aún quedaban tres libres sin contar el de la jaula, que estaba al final del pasillo y que esperaban no tener que utilizar durante el viaje. Al otro lado del pasillo, estaban la cocina, la despensa y la zona de carga, que Ulrik había insistido en llenar con todo tipo de mercancía que planeaba vender en Selaön.

Como solía ocurrir en los barcos vikingos más modernos, el mástil era abatible para que cuando no hubiera viento o fuera peligroso navegar a vela, los marineros pudieran mover el barco a golpe de remo. Y en el mascarón de proa lucía una escultura, también de madera, que representaba una cabeza de un lobo aullando que era el emblema de la casa de los Falk.

Satisfecho con lo que había visto Einar volvió a su casa. Acababa de subir la pendiente y se encontraba frente al castillo, cuando sintió algo que lo hizo detenerse con el ceño fruncido.

No recordaba haber tenido nunca una sensación parecida y no tenía ni idea de a qué era debida, pero su pecho se llenó de una calidez placentera. Giró la cabeza hacia los lados e, incluso, miró detrás de él por si su intuición intentaba avisarlo de que alguien lo seguía, pero no vio a nadie y volvió a ponerse en marcha, aunque caminó lentamente y sin dejar de vigilar los alrededores. Al llegar al patio del castillo vio que uno de sus soldados se dirigía hacia los establos llevando de la brida a una yegua que Einar no había visto nunca. Y él conocía a todos los caballos que tenían. Por eso, cuando pasó a su lado, detuvo al soldado con un gesto y le preguntó:

—¿De quién es ese animal, Axe? —El joven contestó respetuosamente.

—De una mujer. Ahora está hablando con tus padres.

—¿No la conoces? —Todos sus soldados y los sirvientes de la casa sabían que no debían dejar entrar a nadie desconocido, hasta que él o Ulrik le dieran el visto bueno. Tanto su padre como él se tomaban la protección de su familia muy en serio.

—No, pero Ulrik lo ha autorizado. Creo que tu madre conoce a su familia. —Al ver que Einar entrecerraba los ojos, añadió—: Y, además, me parece que se va a quedar.

—Está bien. Lleva a la yegua a los establos y

que la den de beber. Está muerta de sed —ordenó y caminó hacia su casa con paso rápido. Saludó con una inclinación de cabeza a los dos soldados que custodiaban la entrada y se dirigió hacia la salita de la familia. Estaba a punto de entrar cuando tuvo de nuevo la misma sensación de antes y se quedó inmóvil en el umbral de la luminosa habitación, que era la preferida de su madre, lleno de curiosidad.

—¡No sabes la alegría que me has dado, Yrene! Es un placer conocer a la hija de mi querida Brunilda —decía precisamente Adalïe en ese momento, muy sonriente, a una desconocida. Ulrik, su padre, observaba la alegría de su mujer con una cálida sonrisa que lo hacía parecer más joven y también menos duro de lo habitual. Con el pelo y la barba rojiza, aunque ambos llenos de canas y los ojos de un azul glacial, Ulrik encarnaba al típico jarl vikingo, fuerte y fiero, al que le encantaba gritar y que no soportaba que le llevaran la contraria. Sin embargo, todos sabían que quien mandaba en casa era su mujer.

Su madre era totalmente distinta a su padre, físicamente y también en la forma de ser. A pesar de su edad tenía el cabello totalmente negro, sin que ningún pelo blanco se hubiera atrevido a aparecer en él y ese día lo llevaba suelto. Y sus ojos seguían siendo exactamente del mismo color que la plata que se extraía de las minas de su familia, igual que los de Einar. Pero en ese momento a él no le interesaba observar a sus padres, sino a la misteriosa desconocida, y cuando ella giró el rostro y pudo verlo, sintió como si su corazón se hubiera detenido.

Tenía el pelo castaño y lo llevaba recogido en una larga trenza. Sus ojos eran grandes y de color miel, pero lo que más le llamó la atención a Einar, fue que iba vestida como una Skjaldmö, una antigua guerrera. Llevaba unos pantalones de piel suave, de color azul; una camisa larga de color crema y encima una cota de cuero marrón que se ajustaba perfectamente a sus curvas. Sus caderas estaban ceñidas con un cinturón ancho del que colgaban dos fundas, una para espada y otra para un puñal, aunque las dos estaban vacías. Einar pensó que seguramente las habría entregado en la puerta ya que cuando un visitante que no era miembro de la familia entraba en una casa, la educación lo obligaba a hacerlo desarmado. Einar pudo escuchar la voz de la desconocida al contestar a Adalïe:

—Cuando empecé a viajar por el continente, mi madre me dijo que si alguna vez tenía un problema, que viniera a verte. Siempre me dice que los recuerdos más bonitos de su infancia son de las veces en las que jugaba contigo y con Edohy.

—Aquella fue una época muy feliz para todas —contestó Adalïe con una sonrisa nostálgica al escuchar el nombre de su prima, la madre de su sobrina Adalïe, que había muerto hacía muchos años. Miró a Ulrik que había cogido una de sus manos entre las suyas porque no soportaba verla triste y le sonrió, antes de añadir—: Cuando éramos niñas nuestras familias vivían muy cerca y solíamos pasar las tardes de los veranos yendo al río a nadar o a ver los concursos de saltos de trucha. —Einar sonrió al escuchar a su madre, porque desde pequeño le había prometido que alguna vez lo llevaría a Selaön a ver esos concursos, y él siempre le respondía que no creía que existiesen—¿Has estado mucho tiempo fuera de la isla? —preguntó Adalïe a la muchacha.

—Demasiado. Y te confieso que, aunque he oído a mi madre muchas veces hablar sobre esos concursos, todavía no he ido a ninguno.

—Pues entonces vendrás con nosotros a ver uno cuando vayamos. Mi hijo todavía no conoce la isla, y le he prometido que lo primero que haremos cuando lleguemos será ir a verlos. Y Ulrik también vendrá. Mejor aún, iremos las dos familias. ¡Estoy deseando ver a Brunilda! —añadió.

—Os agradezco mucho que me dejéis ir con vosotros —declaró Yrene dirigiéndose a Ulrik. Él contestó enseguida:

—A mí no me mires, muchacha, eso es decisión de mi esposa.

—¿Y por qué no ibas a poder venir con nosotros? —Adalïe miró a Ulrik como si él fuera el culpable de esa idea.

—Yo no he abierto la boca, mujer. No me atrevería a llevarte la contraria. —A pesar de su voz aparentemente humilde, el brillo divertido de sus ojos hizo que Adalïe entrecerrara los suyos y que le lanzara una mirada de advertencia. Luego se volvió hacia Yrene y exclamó:

—Eres la hija de una de mis amigas más queridas de la infancia. ¡Por supuesto que mi marido y mi hijo querrán que nos acompañes! —Al escuchar que su madre lo nombraba de nuevo, Einar creyó que había llegado el momento de presentarse.

Al entrar en la salita mantuvo la vista fija en la desconocida y cuando ella le devolvió la mirada, Einar se estremeció, pero siguió caminando hasta que llegó a las sillas donde estaban sentados sus padres y se quedó allí de pie frente a ella.

—¡Ah, ya estás aquí, cariño! —Adalïe sonrió a su hijo y él se inclinó a darle un beso en la mejilla bajo la mirada complacida de Ulrik— Einar, esta es la hija de Brunilda y de Sigurd. ¿Recuerdas que te he hablado de ellos? —le preguntó— Edohy, Brunilda y yo éramos inseparables cuando éramos pequeñas. —Volviéndose de nuevo hacia su invitada le presentó a su hijo, llena de orgullo—: Yrene, este es mi hijo, Einar.

—Claro que me acuerdo, madre. Me has contado esas historias al menos mil veces. Encantado, Yrene —contestó él. Estrechó la mano que la bella mujer le alargó durante más tiempo del normal, provocando que sus padres lo observaran con curiosidad y que ella se removiera en su asiento, algo incómoda.

—Igualmente —contestó ella, en voz baja.

Einar cogió una silla y se sentó junto a su madre, para poder observar bien a Yrene. Ulrik aprovechó el momento para preguntar a su hijo:

—¿Qué te ha parecido el barco? —Estaba deseando que Einar le diera su opinión, aunque estaba seguro de que sería la misma que la suya.

—Es perfecto. —Ulrik asintió y se relajó. Acomodándose en el asiento, estiró el brazo para ponerlo sobre los hombros de su mujer. —Entonces, ¿eres de Selaön? —preguntó Einar a Yrene.

—Sí.

—Y... ¿ya habías venido por aquí alguna vez? —Estaba seguro de que la respuesta sería negativa, porque si la hubiera visto antes, la habría recordado.

—No, es la primera vez. Generalmente no me

muevo por esta parte del país, pero...— se mordió el labio, quedándose en silencio, como si pensara que había hablado demasiado, pero se rehízo enseguida. Se encogió de hombros y añadió—: La verdad es que tengo que volver a Selaön lo antes posible y alguien me dijo que vosotros saldríais para allá en unos días. —Miró a Adalïe— Entonces recordé que mi madre y la tuya eran buenas amigas y decidí venir a preguntaros si podía viajar con vosotros. —Se volvió hacia Einar que la miraba con lo que a ella le pareció un gesto de sospecha y añadió—: Por supuesto, me gustaría pagar por el viaje.

—¡Vaya tontería! ¡Como si pudiéramos cobrar a la hija de una amiga por viajar en nuestro barco! Además, tenemos camarotes de sobra, ¿no es así? —preguntó Adalïe a su hijo, que asintió en silencio, dándole la razón. —: Y ahora cuéntame cómo están tus padres y toda tu familia.

Yrene contestó con voz suave, tratando de aparentar que la mirada de Einar no la incomodaba.

—Los dos están muy bien y estoy segura de que estarán encantados de veros.

Su madre siguió hablando con ella y Einar presenció la conversación en silencio, pensando en qué sería lo que les ocultaba aquella bellísima e intrigante desconocida.

CINCO

Castillo Real de Bergen
La noche antes de emprender el viaje.

La reina había querido que la cena se celebrara en la sala privada de la familia, donde habían llevado varias mesas para acomodar a los invitados. La idea había sido un éxito puesto que el ambiente había resultado mucho más distendido que si la reunión se hubiera celebrado en la gran sala. La conversación y las risas habían fluido con facilidad entre los comensales durante toda la espléndida cena con la que los reyes despedían a los valientes que al día siguiente saldrían hacia Selaön.

Haakon y Margarita tenían en ese momento en brazos a Edohy y a Magna, sus sobrinas nietas, mientras hablaban con Magnus, Esben y Lisbet, y las niñas dormían tranquilamente sin que el ruido pareciera afectarles. En su misma mesa también estaban sentados los Dahl, Gregers e Inge, que sonreían observando el buen humor de los reyes.

Cerca, pero en otra mesa distinta, se había sentado el príncipe Haakon junto a los tres amigos que lo acompañaban siempre, Axel, Bjorn y Daven que, como todos, estaban hablando sobre el emocionante viaje que emprenderían al día siguiente. En la misma mesa estaba el médico árabe llamado Ahmad que había dado una nueva esperanza al príncipe.

Por supuesto, Haakon y Margarita también habían invitado a los gemelos y a sus mujeres, además de a los Falk; todos ellos estaban sentados en una mesa alargada, más grande que las demás, que estaba en el centro de la sala. En ella también se había sentado Yrene, una invitada inesperada de los Falk.

Poco antes de entrar en la sala, Horik pidió a Einar y a Knut que se sentaran junto a él en el otro extremo de la sala, en una pequeña mesa circular, algo alejados de los demás para que pudieran hablar en privado. Cuando se acomodó en su asiento, la mirada de Einar se desvió hacia Yrene, que se había sentado en la misma mesa que sus padres. No le había pasado desapercibido que parecía moverse como pez en el agua en aquella reunión, incluso había saludado a los reyes como si estuviera acostumbrada a tratar con la realeza. Esa actitud provocó que Einar se reafirmara en su pensamiento de que escondía algo y Horik, que había visto cómo la miraba, le dijo delante de Knut, sorprendiéndolos a los dos:

—Precisamente de ella es de quien quería hablarte. —Einar lo miró fijamente.

—¿De Yrene?

—Sí —confirmó Horik, mirándolo fijamente—. Yo ya la había visto antes de esta noche, pero me ha costado un poco reconocerla.

—¿Qué quieres decir? —Preguntó Einar con los ojos entornados.

—Que cuando la vi por primera vez, estaba trabajando como criada y, por supuesto, vestía y actuaba de forma muy diferente a como lo hace ahora.

—¿Dónde fue eso? —Einar no puso en duda la palabra de Horik. Sabía a qué se dedicaba y que era el mejor en su trabajo.

—En una corte extranjera. Yo estaba allí trabajando y ahora estoy seguro de que ella hacía lo mismo que yo. —Knut intervino con un susurro incrédulo:

—¿Quieres decir que es una espía? —Horik no pudo evitar reír al escuchar la pregunta de Knut y, después de echar una discreta mirada a su alrededor para asegurarse de que nadie estaba prestándoles atención, confirmó:

—Eso mismo. Aunque no tengo ni idea de para quién trabajaba, os puedo asegurar que es muy buena.

—Te agradezco que me lo hayas dicho. —Einar pensaba que la cosa se quedaría así, pero Horik lo sorprendió al cambiar de tema abruptamente y preguntarle:

—¿Cómo está? —Tardó solo un instante en advertir que le estaba preguntando por su inquieta y testaruda prima, Alana.

—Bien —contestó—. Y me ha preguntado por ti en varias ocasiones—confesó, agradeciéndole de ese modo la información anterior. Horik agachó el rostro y Knut se levantó con la excusa de que iba a rellenar la jarra de hidromiel, aunque quería dejarlos a solas, y se dirigió a una mesa que estaba a disposición de los invitados para que se sirvieran la comida y la bebida que quisieran.

—No hubiera funcionado —aseguró Horik mirando de nuevo a Einar, pero él no contestó. Solo se lo quedó mirando fijamente, conteniéndose para no decirle lo que pensaba, pero eso no fue suficiente para Horik. —Dime lo que estás pensando —pidió. Einar suspiró recostándose en su silla.

—No me gusta ver sufrir a mi prima y por eso le he dicho lo mismo que voy a decirte a ti, que me parece que estáis haciendo el tonto. Los dos. Pero por supuesto, no es asunto mío.

—No tenía que haberte preguntado —murmuró Horik antes de beber un trago de hidromiel y Einar se rio por lo bajo.

—¡No sabéis cuánto me gustaría acompañaros! —confesaba la reina en ese momento a Lisbet que estaba sentada a su lado y observaba, encantada, a sus nietas en brazos de los reyes. Gregers Dahl estaba hablando con Haakon, pero Inge estaba callada viendo a Margarita y a Haakon con su familia, ya que era algo que no solía ocurrir a menudo.

—Nos encantaría que vinieras con nosotros —contestó Lisbet. Conociendo el espíritu aventurero de la reina estaba segura de que disfrutaría enormemente del viaje. —No hay ningún motivo para que no vengas; además, estoy segura de que en Selaön estarán encantados de que los visites…

—No puedo marcharme. —La reina lanzó una

discreta mirada a su marido y, al ver que estaba distraído hablando con Gregers, añadió—: No puedo dejar solo a Haakon. Todavía no se ha recuperado de lo que le hizo Hallbera y lo peor es que no creo que nunca lo haga.

—Creía que eso estaba superado —susurró Lisbet, observando preocupada a su tío— ¡Parece estar bien! —exclamó manteniendo la voz tan baja como Margarita, pero la reina suspiró tristemente al replicar:

—Hallbera consiguió que, por primera vez, Haakon sintiera que era un anciano. Hasta entonces, siempre hablaba de lo que haríamos en los próximos años, pero ahora no planea nada más allá de unas semanas o meses. Por eso para él este viaje es tan importante, porque espera poder dejar las nuevas monedas de plata como uno de los grandes legados de su reinado.

—Lo siento, no sabía nada —murmuró Lisbet.

La reina se encogió elegantemente de hombros y contestó:

—Casi nadie lo sabe.

Los gemelos y sus mujeres estaban en la misma mesa que Adalïe, Ulrik Falk e Yrene, que se había sentado junto a Finn para dejar a la tía y la sobrina juntas. Ydril había contado a los Falk durante la cena, cuánto le había ayudado su cuñada Adalïe durante el embarazo y más tarde en el parto.

—Os aseguro que si no fuera por vuestra sobrina —afirmó— yo no estaría aquí. Y mis hijas tampoco. —Lanzó a Leif una sonrisa tranquilizadora porque, aunque le había dicho mil veces que se encontraba bien, había noches en las que se despertaba y lo descubría observándola, como si temiera que desapareciera de su vista si cerraba los ojos.

—Es como su madre, mi querida Edohy, que siempre pensaba en los demás antes que en ella —contestó Adalïe Falk mirando con orgullo a su sobrina.

Ulrik aprovechó un silencio que se produjo a continuación en la sala, para levantarse con el vaso de hidromiel en la mano y exclamar en voz alta:

—¡Quiero dar las gracias a los reyes por esta magnífica cena y, además, deseo hacer una invitación! —Se volvió hacia su mujer y anunció —: Mi querida esposa cumple años dentro de cinco días y lo celebraremos con una cena en nuestro barco. ¡Por supuesto, todos estáis invitados! —Después, se sentó y se bebió lo que quedaba en su copa de un trago. Cuando dejó la copa vacía sobre la mesa, besó a su mujer en la mejilla y Finn se atrevió a preguntar lo que casi todos estaban pensando:

—¿Y cómo planeas que vayamos a la fiesta los que estemos en el barco real? Te recuerdo que dentro de cinco días estaremos en alta mar. —Ulrik pareció encantado con la pregunta.

—Le pedí al constructor que me hiciera una pasarela de madera para poder cruzar de un barco a otro.

—¿Y será estable con el movimiento del mar? —replicó Finn con tono suspicaz.

—En los extremos del tablón hay unos garfios que se enganchan a las bordas de los dos barcos, para que se mueva lo menos posible. Es un sistema que utilizo desde hace muchos años cuando viajamos con más de un barco, y nunca hemos tenido ningún problema

—Siento decir que nosotros no vamos a poder estar en tu fiesta —se disculpó Leif, dirigiéndose a Adalïe Falk. Mis hijas son demasiado pequeñas para llevarlas con nosotros y tampoco nos iríamos tranquilos si las dejáramos con sus abuelos. —Adalïe le aseguró que lo entendía perfectamente y, entonces, su sobrina la sorprendió al exclamar:

—¡Pues a mí me encanta la idea! Además, no me

perdería tu cumpleaños por nada del mundo.

—Y tú, Finn... ¿Qué vas a hacer? —preguntó Ulrik, con ganas de pincharlo, pero lo único que consiguió fue que se recostara cómodamente en su silla y que contestara en voz alta y clara:

—Lo que haga mi mujer. Donde va ella, voy yo.

—¡Nosotros también asistiremos encantados a tu fiesta, Adalïe! —añadió el príncipe Haakon que estaba sentado junto a sus amigos y al médico. Todos ellos levantaron sus vasos, brindando por ella, y bebieron a continuación. Muy sonriente, Adalïe Falk contestó:

—Muchas gracias. —Ulrik rio, contento al ver que el príncipe Haakon parecía igual de temerario que él y añadió:

—¡Será un placer teneros a todos en la fiesta! ¡Cuantos más, mejor!

El príncipe se volvió hacia sus amigos y susurró:

—Creo que este viaje va a ser mucho más emocionante que cualquiera de los que hemos hecho hasta ahora. —Axel contestó con una sonrisa burlona:

—Yo ni siquiera había imaginado que llegaría a conocer Selaön. —En ese momento vio a Horik que estaba junto a Adalïe y Ulrik hablando con ellos. — Horik es capaz de llevarse bien con el mismísimo diablo. Podría ser un estupendo diplomático—

añadió, pensativo.

—Que no te oiga la reina o es capaz de cortarte la lengua por darle ideas al rey —bromeó Daven.

Bjorn, que era el más callado, casi se atragantó con la bebida al escucharlo. Como pertenecían al círculo íntimo del príncipe, los tres sabían que los reyes discutían de vez en cuando porque ambos querían tener bajo su mando a Horik, pero hasta el momento seguía al servicio de la reina. Las siguientes palabras de Daven fueron mucho más serias —: Hay algo que quiero aclarar antes de embarcar. Sé que en esta ocasión te toca a ti hacer lo de las comidas—añadió, mirando a Axel—, pero preferiría encargarme yo. —Axel entornó los ojos, molesto, pero no le dio tiempo a contestar porque Ahmad se adelantó preguntando:

—¿Puedo saber qué es eso de las comidas? —Como era tan callado, casi habían olvidado que estaba sentado a la mesa con ellos. Haakon pensó que sería mejor que le contestara él mismo.

—Se trata de algo de lo que no podemos hablar porque, si se supiera que lo hacemos, no serviría de nada. —El médico era demasiado educado para insistir y asintió respetuosamente. A continuación, Axel replicó a Daven:

—Es mi turno y no hay más que hablar. —Miró a Haakon pidiéndole su apoyo, pero el príncipe, enfadado, le contestó:

—Sabes que no me gusta que lo hagáis, así que no esperes que decida cuál de los dos va a ser el encargado de cuidar de mi como si fuera un bebé. Si yo pudiera decidir, no lo haríais nunca más.

—Sabes que este es el único caso en el que no podemos respetar tus deseos —respondió Axel con mirada suplicante. Haakon apretó los labios, pero no dijo nada más. Sin embargo, Daven insistió:

—Por favor, Axel. Algo me dice que es mejor que esta vez lo haga yo. —Axel se quedó mirándolo con expresión contrariada, pero no quería dar pie a que Haakon volviera a sacar el tema, por lo que decidió aceptar.

—De acuerdo. En este viaje es cosa tuya.

—Gracias —contestó Daven. Enseguida volvió a bromear con sus amigos, afirmando que estaba deseando subir con ellos a la pasarela de la que hablaba Ulrik, sobre todo si el mar estaba picado, para verlos andar como un grupo de patos mareados mientras intentaban no caerse al mar. Poco después, gracias a sus ocurrencias, todos ellos reían a carcajadas.

Después de la cena, los invitados se levantaron de las mesas para hablar entre ellos. Y Knut aprovechó que Horik se había ido, para decirle a Einar:

—¿Podemos hablar a solas un momento? —Él aceptó y ambos salieron discretamente al pasillo. Einar se detuvo a pocos pasos de la entrada de la sala y se quedó mirándolo.

—Te escucho.

—Tengo que pedirte un favor.

—¿Y qué favor es ese? —preguntó, curioso.

—Finn me ha contado que en uno de los camarotes habéis instalado una jaula, por si uno de vuestros berserkers sufre un ataque.

—Es cierto.

—Como sabes, yo también lo soy —añadió.

—Ya —contestó escuetamente Einar.

—Lo que no creo que sepas es que estoy empezando a entrar en mi periodo de oscuridad. Y por ese motivo he estado a punto de no hacer este viaje, pero Finn me contó lo de vuestra jaula y me dijo que te preguntara si podía ir con vosotros... —En cuanto lo escuchó, Einar se relajó y su expresión se hizo más cercana. Se inclinó ligeramente hacia él y susurró:

—¿Cómo es de grave? No he notado ningún síntoma durante la cena...

—Hasta ahora solo he sufrido dos ataques, aunque no han sido muy fuertes. Además, Roselia me ha dado unas hierbas que debo masticar por la mañana y por la noche y me parece que están funcionando, porque estoy más tranquilo.

—Las conozco —afirmó Einar—. En mi clan todos las tomamos desde que somos adolescentes.

—Pues yo no sabía ni que existían hasta que Roselia me habló de ellas. Y mis amigos tampoco— dijo Knut.

—No me extraña —contestó Einar haciendo una mueca—. En el sur se han olvidado todos los remedios naturales que los berserkers solían utilizar antiguamente, porque allí se nos considera unos monstruos temibles con los que hay que terminar a cualquier precio; pero los que hablan así deberían recordar que, gracias a nosotros, Haakon consiguió unificar el país. —Knut se sorprendió al escucharle decir lo mismo que él y sus amigos habían comentado en tantas ocasiones, cuando estaban solos. Y por un momento se preguntó cómo habría sido su vida si hubiera nacido dentro de las tierras de Einar. — Y contestando a tu pregunta, eres bienvenido a nuestro barco, Knut. He oído que eres un gran pescador y nos vendrá muy bien comer pescado fresco tan a menudo como puedas proporcionárnoslo.

—Si de mí depende, lo comeréis todos los días. Esta noche dormiré en el barco real, pero mañana al amanecer me cambiaré al vuestro. ¿Te parece bien?

—Claro. Entonces mañana, antes de zarpar te mostraré tu camarote. ¿Volvemos a la sala? —dijo, dándole una palmada en el hombro, pero Knut se negó con una sonrisa.

—Prefiero ir a dar un paseo, aprovechando que todos están distraídos. —Einar se encogió de hombros y volvió a la celebración, y Knut se marchó en dirección al puerto.

Bajó el cerro donde estaba construido el castillo del rey sumido en sus pensamientos, y estaba a punto de subir al barco real, cuando escuchó una voz femenina procedente de la nave de los Falk que estaba anclada al lado, cantando una triste canción. Sin pensarlo, cambió de dirección y se dirigió hacia la voz porque necesitaba conocer a su dueña. Subió a la cubierta silenciosamente y se dio de bruces con uno de los soldados de los Falk, al que afortunadamente conocía.

—¿Qué pasa, Bernt? ¿Te ha tocado quedarte de guardia mientras todos se iban a celebrarlo?

—Hola, Knut. —El aludido le mostró una sonrisa desdentada al contestar—. Sí, pero no creas que me molesta. Ya lo celebramos bastante ayer y a mi edad ya no aguanto la juerga dos noches seguidas.

—¿Quién está cantando? —le preguntó, mirando hacia la popa del barco de donde procedía el sonido; pero como la cantante estaba detrás del palo mayor solo podía ver el ruedo de su falda que ondeaba al viento.

—Isolda, nuestra cocinera.

—¿No ha venido Helmi? —preguntó sorprendido ya que, unas semanas atrás, Finn le había asegurado que la cocinera de los Falk también viajaría a Selaön.

—No, al final no se decidió. Los Falk estuvieron semanas buscando a alguien que la sustituyera. —Se acercó a Knut para susurrar—: Y ya casi se habían dado por vencidos cuando apareció ella. —Señaló con la barbilla el lugar de donde procedía el sonido. — Al principio todos creíamos que era un chico —chismorreó y Knut lo miró extrañado.

—¿Por qué?

—Porque iba disfrazada de muchacho —contestó el soldado con expresión burlona. La curiosidad de Knut creció a pasos agigantados.

—Voy a acercarme a hablar con ella —replicó.

Bernt se encogió de hombros dando a entender que le daba igual.

Isolda había tenido que salir de su camarote

porque estaba muy nerviosa, aunque no sabía por qué. Tenía un nudo en el estómago desde hacía horas que no la dejaba descansar; incluso se había tomado una infusión relajante, pero no le había servido de nada. Al final, había decidido subir a cubierta a tomar un poco el aire aprovechando que todos los marineros, exceptuando Bernt que se había quedado de guardia, se habían ido a la taberna a celebrar que al día siguiente salían hacia Selaön.

Se encontraba tan a gusto escondida detrás el palo mayor que, casi sin darse cuenta, había empezado a cantar su canción favorita, una que hablaba de dos amantes que tenían que separarse. No recordaba quién se la había enseñado y Freydis le había asegurado que ella no había sido.

—Vuelve a cantarla, por favor. —Había estado tan sumida en sus pensamientos que no había oído acercarse a nadie y se sobresaltó al escuchar la petición. Se giró en dirección a la voz y parpadeó al sentir el calor de la mirada de un desconocido moreno que la observaba con fijeza.

El corazón de Knut se aceleró al descubrir que estaba ante *ella*, la mujer que lo cambiaría todo, la que daría sentido a su vida. Su primera impresión, cuando la vio de espaldas, fue de sorpresa porque llevaba el pelo tan corto como un chico, pero al contemplar la belleza de su rostro, olvidó todo lo demás. Tenía la nariz pequeña y unos labios perfectos, pero lo que más llamaba la atención en su rostro con forma de corazón eran sus enormes ojos verdes. Al darse cuenta de que la había asustado, levantó las manos con las palmas hacia arriba en señal de paz y repitió:

—Me gustaría escucharla otra vez. Por favor.

Isolda se lo quedó mirando fijamente durante un largo momento y cuando Knut estaba seguro de que iba a negarse, se volvió hacia el mar y comenzó a cantar. Él se fijó en que había cerrado los ojos, quizás intentando olvidar que no estaba sola. Mientras su voz lo rodeaba, embrujándolo, no dejó de observarla y de aspirar discretamente su olor, hasta que todo ello estuvo grabado a fuego en su interior.

Cuando la canción se acabó Isolda se quedó inmóvil durante unos instantes, los que tardó en volver a la realidad, y luego miró a Knut que se quedó impactado por su triste mirada. Le hubiera gustado abrazarla y decirle que, si de él dependiera, nunca más estaría así, pero se obligó a actuar como si no acabara de encontrar a la que había estado buscando desde siempre.

—Gracias —murmuró humildemente, sin saber qué más decir. Y cuando ella sonrió, Knut sintió que la furia que desde hacía mucho tiempo amenazaba con despedazar su mente, retrocedía.

—De nada —contestó ella, ruborizada. —Debo marcharme. Mañana tengo que levantarme muy temprano. —Él cogió una de sus manos entre las suyas y le dijo:

—Me llamo Knut y voy a viajar con vosotros a Selaön.

—Yo soy Isolda —susurró ella. Knut asintió como si no lo supiera y añadió:

—Si necesitas algo durante el viaje, lo que sea, estoy a tu disposición.

—Gracias —murmuró ella, volviendo a sonreírle tímidamente. Luego, se marchó.

Y Knut la observó hasta que desapareció de su vista.

SEIS

Barco de los Falk
Primer día de navegación

Einar estaba tan pendiente de Yrene que ya conocía sus costumbres a la perfección, por eso la esperaba en cubierta desde antes de que amaneciera. Estaba diciéndole a Skoll que Knut viajaría con ellos y que estaría al llegar, cuando ella apareció. Al verlo, lo saludó con una inclinación de cabeza y se dirigió a babor, alejándose de él todo lo que pudo; pero, en esta ocasión, Einar no pensaba dejar que se saliera con la suya y la siguió. Y mientras se acercaba a ella, se deleitó observándola.

Ese día llevaba el pelo castaño recogido con dos trenzas e iba vestida con unos pantalones ajustados de color verde, una camisa blanca, sobre la que llevaba una ligera sobre camisa de color dorado, y calzaba un par de botas altas de piel marrón.

—Buenos días, Yrene —saludó al llegar a su lado.

—Buenos días —contestó ella, con una inclinación de cabeza, aunque sus ojos color miel se apartaron de los suyos enseguida. No era la primera vez que rehuía su mirada y, como siempre que lo hacía, Einar se preguntó qué ocultaba para actuar así.

—Me alegró ver que anoche disfrutaste de la cena.

—Sí, todo el mundo fue muy amable. Os estoy muy agradecida —añadió. Al ver que Einar no decía nada lo miró e, impulsivamente, le preguntó:

—¿Por qué no te fías de mí?

—Sé que nos ocultas algo. No me creo que estuvieras por el norte y que alguien te dijera, por casualidad, que íbamos a viajar a Selaön —afirmó. Sus ojos resplandecían fijos en los suyos, pero esta vez Yrene no apartó la mirada—¿No vas a decir nada? —insistió, pero ella permaneció obstinadamente callada. Con la mandíbula rígida, Einar se acercó tanto que sus cuerpos se rozaron e Yrene pudo aspirar su olor a sándalo y mar, mientras él seguía hablando—: Si le haces daño a mi familia o a cualquiera de los que están bajo mi protección, no me importará si nuestras madres se conocen desde niñas. Te aseguro que te arrepentirás. —Sorprendida y ofendida porque la creyera capaz de algo así, susurró, fastidiada:

—Imagino que esto es porque Horik me ha reconocido.

—¿Qué hacías en una corte extranjera trabajando de criada? —preguntó, deseando que le diera una razón convincente para poder confiar en ella.

—No puedo decírtelo, pero te juro que jamás pondría en peligro la vida de nadie de tu familia, ni tampoco la de ningún inocente. Soy una persona honorable, aunque tenga una profesión extraña. Al igual que Horik —añadió, lo que Einar entendió como una confirmación de que también era una espía. Entonces la sorprendió cogiendo su mano derecha entre las suyas y mirando el fondo de sus ojos para tratar de leer la verdad en su interior, algo que era capaz de hacer gracias al don heredado de su madre, aunque lo utilizaba en pocas ocasiones.

En cuanto las manos de Einar envolvieron la suya, Yrene advirtió que no era irritación la emoción que sentía habitualmente en su presencia, sino otra muy distinta, y se ruborizó, avergonzada.

Él pudo leer en el fondo de su mirada que no le había mentido, pero retuvo su mano un poco más de lo necesario, simplemente por el placer de hacerlo. Sus ojos plateados, engarzados en los de ella, brillaron con unos extraños tintes azules que dejaron a Yrene fascinada, pero recuperó el sentido común; retiró su mano de las de él y se volvió para marcharse. Aunque antes de que pudiera hacerlo, Einar le dijo:

—Te creo, Yrene. Pero espero que algún día, cuando me conozcas mejor, confíes en mí. —Ella asintió, muy seria, y escapó de sus ojos que volvían a ser de un luminoso color plata.

Einar se quedó observando su gracia al caminar hasta que sintió que alguien lo miraba, se trataba de Knut que ya había llegado. Llevaba una bolsa grande en la mano derecha en la que debía de llevar sus pertenencias. Einar sacudió la cabeza, intentando despejarse y se acercó a él.

—Buenos días y bienvenido. Llegas pronto.

—Knut sonrió, mirando discretamente a su alrededor, buscándola, aunque sabía que si *ella* hubiera estado por allí cerca su corazón se habría acelerado.

—Me ha costado no venir antes. Casi no he dormido —confesó. Einar, que había empezado a caminar hacia las escaleras para llevarlo a su camarote, se detuvo y lo miró con gesto de sorpresa:

—¿Y eso? ¿Por qué? —Knut se encogió de hombros con una sonrisa y contestó:

—Puede que me dé miedo navegar... —Einar

rio a carcajadas ante semejante mentira. Conocía perfectamente la fama de buen marinero, además de la de buen cazador y pescador, que tenía Knut; pero como tenía derecho a tener secretos como todo el mundo, reanudó sus pasos en dirección a las escaleras.

—Sígueme. Te mostraré donde está tu camarote.

Knut cogió su bolsa y bajó detrás de él por una estrecha escalera que los condujo a la bodega. Al igual que en el barco real, al llegar al final de los escalones no había más remedio que ir hacia la izquierda o hacia la derecha. Pero antes de girar a la derecha, que era donde estaban los camarotes, Einar señaló a su izquierda y dijo:

—La primera puerta es la de la cocina, la siguiente la del almacén y la última la del camarote que comparten el capitán y los marineros. El resto de los camarotes están en el pasillo de la derecha. —Mientras caminaba le iba señalando a quien correspondían cada una de las puertas. —El primero es el de mis padres, el siguiente es el mío y el que está enfrente es el de Yrene, a la que imagino que conocerías anoche. ¡Ah!, y el que está a su lado es el de Isolda, nuestra cocinera. —Knut miró fijamente esa puerta, pero Einar siguió andando y señaló una que había enfrente—Y este es uno de los que están vacíos, así que puedes ocuparlo tú.

—Abrió la puerta y se hizo a un lado para dejarlo pasar. Knut dejó su bolsa sobre la cama y Einar añadió en voz baja—: El camarote que está al final del pasillo es el de la jaula. —Ambos escucharon el sonido de los cuernos que avisaban de la llegada de los reyes. —¡Vamos, quiero estar presente en la despedida! —exclamó Einar, saliendo al pasillo.

Al subir, Knut vio que las tripulaciones estaban en sus respectivas cubiertas observando la escena que aparecía ante ellos.

Los reyes estaban frente a los dos barcos, flanqueados por su guardia personal y por sus cortesanos de más confianza. A su izquierda se encontraban el príncipe y sus amigos, y a su derecha los Lodbrok y los Falk. Incluso las pequeñas Edohy y Magna estaban despiertas, en brazos de sus padres, como si estuvieran deseando escuchar las palabras del rey. Detrás de todos ellos se podía ver a los pajes reales, que solían ser los hijos pequeños de los cortesanos más importantes de la corte, y que llevaban el uniforme reglamentario con los colores del escudo del rey, azul, blanco y oro. Además, cada uno de ellos portaba una bandera que representaba cada una de las regiones que componían su gran país.

Emocionado y lleno de orgullo, la mirada del rey se desvió hacia el impresionante fiordo que tenía enfrente, que había sido la razón de que eligiera Bergen para establecer su corte. Se deleitó durante un momento en las aguas profundas y oscuras, en las montañas, y después su mirada se elevó hacia su castillo, construido con tanto esfuerzo sobre la montaña de roca. Con los ojos húmedos miró a su mujer que le sonrió para darle ánimos y, entonces, Haakon se dirigió a los viajeros:

—¡Valientes, hoy es un grande, porque somos el primer país del mundo en la historia que va a enviar una delegación a Selaön! Es un honor que le debemos a Adalïe Falk y por ese motivo siempre le estaremos agradecidos. —Hizo un gesto hacia la mujer de Ulrik que pareció abochornada cuando todos comenzaron a aplaudirla. Al terminar los aplausos, el rey continuó—: Y no solo deseo que vuestro viaje sea fructífero por los beneficios comerciales que el mismo va a traer a nuestro querido país, también porque mi querido hijo va con vosotros y él es lo más importante para su madre y para mí. Porque, aunque seamos reyes, también somos padres—confesó. Dándose cuenta de que le era imposible seguir hablando sin llorar, exclamó—: Solo me queda desearos buen viaje o, mejor dicho, como dicen en Selaön ¡Que los vientos os sean favorables!

Todos aplaudieron entusiasmados cuando, a continuación, el rey se abrazó a su hijo durante unos instantes, para después dejarle su lugar a la reina. Ella, antes de abrazarlo, le dijo unas palabras en voz baja que su hijo escuchó con atención. Después, los reyes se despidieron de los amigos de Haakon, encomendándoles el cuidado del príncipe, y continuaron con los abrazos a sus sobrinos y a su familia, y después a los Gregers. Por último, Haakon se despidió afectuosamente de los Falk. Sin embargo, Margarita dejó para el final a su amiga Inge Gregers con quien se fundió en un largo y emocionante abrazo; y tanto duró el abrazo, que Haakon apoyó la mano suavemente en la espalda de su mujer, para recordarle que había llegado el momento de dejar marchar a su amiga. Entonces, Margarita se apartó lentamente de Inge y se acercó a su hijo para hacerle una última caricia cariñosa en el rostro a la vez que murmuraba una plegaria para que los dioses se lo devolvieran pronto, sano y salvo.

Knut solamente tenía que despedirse de sus amigos y por eso fue el primero en subir al barco de los Falk. Y como los marineros estaban acodados en la borda observando lo que ocurría en el puerto, aprovechó para dirigirse a la cocina esperando que *ella* estuviera allí.

Isolda estaba eligiendo de la despensa lo que iba a necesitar para preparar la comida, aunque su mente estaba distraída recordando cómo se había sentido al conocer a Knut. Aprovechando que estaba sola, pronunció su nombre en voz baja, disfrutando de la sensación que le producía. Estaba tan ensimismada que no escuchó entrar a Jharder en la cocina y se enteró de su presencia cuando la agarró dolorosamente del brazo para que se volviera hacia él.

—¡Por fin te encuentro a solas! Ese estúpido de Egil no te deja ni a sol ni a sombra, pero ya te avisé de que en el barco las cosas serían diferentes —farfulló mirándola con odio y aprisionando sus manos con una de él. Isolda comenzó a darle golpes y patadas, pero él era mucho más fuerte que ella y no la soltaba. Aterrada, gritó pidiendo ayuda y Jharder cogió un trapo que estaba encima de la mesa de la cocina y se lo metió en la boca. —¡Yo te enseñaré a mantener la boca cerrada, maldita! —masculló y, sujetándola por las muñecas y por un brazo, la zarandeó con tanta fuerza que le castañetearon los dientes.

Cuando dejó de sacudirla lo primero que Isolda pensó fue que iba a matarla, porque desde que Jharder se había enterado de que era una mujer y no un muchacho, su obsesión por ella se había vuelto mucho peor que antes. Por eso siempre tenía mucho cuidado para que no la encontrara a solas, pero ese día Egil bajaría más tarde a ayudarla porque Skoll le había dicho que lo necesitaba en cubierta durante un par de horas. Y seguramente Jharder lo sabía y por eso se había atrevido a atacarla.

Asqueada por el fuerte olor a alcohol que despedía, apartó el rostro y tiró con todas sus fuerzas de sus manos tratando de soltarse, aunque solo consiguió que él volviera a zarandearla. Sollozando, trató de gritar con el trapo en la boca, pero solo se escuchó un gemido apagado. Jharder, sonriendo con crueldad, se inclinó hacia ella, sacó la lengua y le lamió la mitad del rostro, desde la barbilla hasta la frente. Isolda apartó la cara llena de lágrimas, luchando por escapar, pero él la tenía bien sujeta. Cuando, a pesar de sus esfuerzos, Jharder consiguió lamer sus mejillas un par de veces, Isolda decidió que prefería morir a que ese animal abusara de ella.

La empujó hasta que la tuvo con la espalda apoyada en la pared; entonces, presionó con su cuerpo el de ella para que no se moviera, agarró el bajo de su falda y comenzó a levantársela. Desesperada, Isolda gritó con todas sus fuerzas a través del trapo y él la agarró por el cuello, apretando lo suficiente para que no pudiera respirar. Susurró, mirándola con odio:

—Si gritas, te mato. ¿Está claro? —Ella asintió con un sollozo y él soltó su cuello y volvió a levantarle el vestido. Isolda miraba a su alrededor frenéticamente, buscando cómo librarse de él, cuando sus ojos se posaron en el cuchillo que había dejado sobre la mesa. Estaba pensando en cómo podría conseguir que Jharder se moviera en esa dirección para poder cogerlo, cuando alguien le quitó su cuerpo de encima lanzándolo hacia atrás con tanta fuerza que cayó tumbado boca arriba en el suelo, a un par de metros de distancia.

Temblando tanto que tuvo que apoyarse en la mesa para no caerse Isolda observó a Knut, pues era él, lanzar un rugido lleno de furia a la vez que se dirigía hacia Jharder que seguía caído en el suelo. Lo agarró de la camisa y levantó su torso lo suficiente para poder darle un puñetazo en la nariz que comenzó a sangrar abundantemente. Con un segundo puñetazo, Jharder se desmayó. Knut intentó que se despertara, pero al ver que no se movía lo volvió a dejar caer al suelo con un gruñido. Jadeando, se volvió a mirar a Isolda que lo observaba aterrorizada y se acercó a ella lentamente, tratando de no asustarla.

—Tranquila, no voy a hacerte daño —dijo con voz ronca.

Ella gimió y se alejó caminando hacia atrás para no perderlo de vista, hasta que se topó con la pared y no pudo retroceder más.

Knut sintió como si le clavaran un cuchillo en las entrañas cuando vio el terror que había en sus ojos, pero siguió acercándose, movido por la necesidad que tenía de consolarla. Se detuvo a pocos centímetros de ella, e Isolda parpadeó sorprendida al ver que sus ojos negros habían cambiado de color y ahora eran de un azul brillante.

—Antes me cortaría el cuello que lastimarte, te lo juro —afirmó con voz sorprendentemente grave. De repente, algo que ella vio en su mirada consiguió traspasar la barrera que su miedo había erigido entre los dos y se dejó abrazar, e incluso recostó la cabeza en su pecho con un sollozo aferrándose con ambas manos a su camisa.

—No podía quitármelo de encima. Es muy fuerte —gimoteó. Knut acariciaba su espalda lentamente, tratando de consolarla.

—Es un cobarde y un malnacido. Ningún hombre de verdad intentaría forzar a una mujer a hacer algo que no quiere —murmuró lanzando una mirada de asco a Jharder que seguía inmóvil en el suelo. También advirtió que, desgraciadamente, había dejado de sangrar. —Tengo que ir a buscar a Einar para decirle lo que ha pasado. ¿Quieres que te acompañe antes a tu camarote? —preguntó, inclinando la cabeza para verle el rostro, pero Isolda, agarrándose a él con fuerza, exclamó:

—¡No! ¡No me dejes sola, por favor!

—No lo haré, tranquila —prometió él. La ayudó

a sentarse en uno de los taburetes que estaban clavados al suelo, se arrodilló a su lado y rozó con la yema del índice la rojez del cuello; luego, cogió sus manos para poder examinarle las muñecas que también estaban muy rojas y las besó una tras otra, como si así pudiera quitar el dolor de las magulladuras que le había hecho Jharder y que, con seguridad, se transformarían en cardenales. Levantó la mirada hacia su rostro y susurró—: Si no quieres quedarte sola, tendrás que venir conmigo. Tengo que hablar con Einar antes de que ese se despierte—añadió, lanzando una mirada llena de odio a Jharder. Ella se mordió el labio inferior, indecisa al recordar el consejo de Egil sobre que era mejor que no le fuera con quejas a los Falk o al capitán.

—No creo que sea buena idea contárselo a nadie. —Knut la miró, incrédulo.

—¿Qué dices? Si no hacemos nada este cabrón volverá a atacarte a ti o a otra mujer cuando quiera. —Desgraciadamente, pensó Knut, el barco había salido de puerto hacía unos minutos y ya no podían obligarlo a desembarcar en Bergen; aunque si por él fuera, lo lanzaría al mar y que volviera nadando. —Tenemos que contárselo a Einar. Confía en mí, Isolda, es lo mejor. —Ella accedió después de pensarlo un poco más y, cogidos de la mano, salieron de la cocina.

Einar estaba en el centro de la cubierta hablando con Skoll mientras ambos observaban cómo la fuerza del viento hinchaba las velas del barco. Cerca de ellos estaban los Falk con Yrene, manteniendo su propia conversación, pero todos ellos se quedaron en silencio cuando vieron a Knut y a Isolda porque cualquiera que la viera a ella, sabía que le había pasado algo grave. Estaba totalmente despeinada, tenía magulladuras en el cuello y las muñecas, y su vestido tenía una manga desgarrada y, además, agachaba la mirada, como si le diera vergüenza que la vieran en esa situación. Con un murmullo avergonzado se volvió hacia Knut para esconder el rostro en su pecho como había hecho en la cocina, y él maldijo en voz alta al darse cuenta de que todos los marineros la estaban en mirando, llenos de curiosidad. Entonces, le susurró:

—Volvamos abajo, aquí hay demasiada gente. Los Falk nos seguirán. —Ella movió la cabeza afirmativamente, aunque no apartó el rostro de su pecho, llena de vergüenza. Antes de volver a bajar, Knut le hizo un gesto a Einar para que los siguiera y cuando llegó al pie de las escaleras, la llevó a su camarote e hizo que se sentara en la cama. —Ella obedeció, pero su mirada se quedó fija en el suelo.

Knut salió al pasillo a tiempo de encontrarse con Adalïe a quien seguían Ulrik, Einar, Yrene y el capitán.

—¿Qué ha pasado? —susurró la mujer de Ulrik, deteniéndose en el pasillo junto a él, aunque miraba a Isolda puesto que la puerta de su camarote estaba abierta.

—La ha atacado ese cerdo de Jharder. Estaba borracho. —El tono furioso de Knut no asustó a Adalïe, acostumbrada al carácter de su marido. Le puso una mano sobre el antebrazo y preguntó con delicadeza:

—¿Le ha hecho daño? —Knut sacudió la cabeza y murmuró:

—Creo que solo en el cuello y las muñecas, pero si no hubiera llegado a tiempo... —murmuró, lanzando una mirada angustiada a Isolda que no se había movido.

—Lo importante es que lo has hecho —replicó Adalïe, aunque Knut ya no la escuchaba, miraba a Einar que le devolvía la mirada con firmeza. Detrás de él estaban Yrene y Skoll.

—¿Qué vas a hacer con él? —le preguntó Knut con tono exigente. Einar se acercó hasta quedar a solo unos centímetros de distancia.

—¿Qué le has hecho tú? —replicó, igual de enfadado que él, aunque su enfado era contra sí mismo porque si hubiera seguido su instinto y no hubiera dejado que Jharder embarcara, aquello no habría ocurrido. Knut entrecerró los ojos, pero no levantó la voz en atención a Isolda:

—Mucho menos de lo que se merecía. —Einar miró a Isolda, que seguía con la mirada perdida.

—Pagará por lo que ha hecho —aseguró Einar a Knut y Ulrik asintió con un gruñido.

A Knut le gustaría ir con ellos, pero también quería asegurarse de que Isolda estaba bien. Adalïe pareció leerle el pensamiento, puesto que le dijo:

—Yrene y yo nos quedaremos con ella. —Él la miró fijamente a los ojos durante un instante antes de asentir, luego se acercó a Einar que se había alejado un poco y estaba hablando con su padre y con Skoll en voz baja.

—¿Vamos a por ese trozo de mierda? —preguntó en voz alta, caminando hacia la cocina. Pero antes de entrar, Einar lo sujetó por el brazo y le dijo:

—Tus ojos han cambiado de color, ahora son azules. ¿No perderás el control? ¿Nos podemos fiar de ti? —Knut confesó:

—No están azules porque esté teniendo un ataque, sino porque Isolda es mi *andsfrende*.

—Einar se quedó mirándolo sorprendido, sin contestar. Ulrik, en cambio, reaccionó enseguida y le dio una fuerte palmada en la espalda.

—¡Enhorabuena muchacho! —añadió el patriarca de los Falk muy sonriente, provocando que Knut se sintiera como si tuviera diez años de nuevo, y que Einar y Skoll sonrieran divertidos. Los tres se giraron al escuchar que alguien venía corriendo por el pasillo. Eran Egil y Jensen que acababan de enterarse de lo que le había pasado a Isolda, y que se detuvieron al verlos ante la puerta de la cocina.

—Señor, ¿ella está bien? —preguntó Egil a Einar, jadeando y con los ojos brillantes. Einar le respondió amablemente.

—Sí. Afortunadamente, Knut ha llegado a tiempo.

—¡Muchas gracias! —dijo Egil volviéndose hacia Knut y limpiándose, con gesto avergonzado, las lágrimas que habían empezado a caer por sus mejillas. —Isolda es como una hermana para mí, si le ocurriera algo...

—No le ocurrirá nada. No te preocupes muchacho —le aseguró él con voz suave. Jensen, que estaba detrás de Egil y que había estado callado hasta ese momento, le puso la mano en el hombro al muchacho y confesó a Einar:

—Jharder no ha dejado de molestarla desde que llegó a Molde.

—¿Y por qué nadie me había dicho nada? —replicó Einar, enfadado. Egil iba a confesar que era culpa suya, pero Jensen le dio un apretón en el hombro para que siguiera callado y él obedeció.

Einar se calmó en cuanto recordó que el mayor

culpable de lo que había ocurrido era él por haber dejado que Jharder subiera a su barco, sin hacer caso de su intuición. A continuación, ordenó a Egil y a Jensen:

—Isolda tiene que descansar. Volved a cubierta.

—Cuando desaparecieron por las escaleras, Knut volvió a preguntar, aunque esta vez dirigiéndose a Ulrik:

—¿Qué le vais a hacer? —El jarl de los Falk lo miró a los ojos y Knut leyó en ellos que no tenía piedad con los hombres como Jharder.

—En mis tierras se castiga con la muerte a los violadores, pero como gracias a ti ese cerdo no ha llegado tan lejos, el capitán le despellejará la piel de la espalda a latigazos mientras está atado al palo mayor, para que sirva de ejemplo a los demás. Me gustaría empuñar el látigo yo mismo, pero hace tiempo que le prometí a mi mujer que dejaría de hacer ese tipo de cosas —contestó con los ojos brillantes por la furia. El gesto que hizo Einar dio a entender que estaba de acuerdo con su padre. Aunque no solía ser tan sanguinario como él, cuando se trataba de castigar a un hombre que había maltratado a una mujer pensaban igual. Y Knut también, por lo que dijo:

—Entonces, lo dejo en vuestras manos. Pero tendréis que esperar a que se despierte —añadió.

Luego volvió al camarote de Isolda para ver cómo

estaba.

SIETE

Un rato después de que Adalïe le extendiera una pomada sobre las muñecas y de que se las vendara Isolda volvió a la cocina, a pesar de que la mujer de Ulrik le había dicho que se quedase en el camarote, descansando. Pero ella se había negado asegurando que tenía mucho que hacer, aunque la verdad era que prefería estar trabajando antes que, en la cama, dándole vueltas a lo sucedido.

Esa misma tarde a la vista de todos Jharder había recibido veinte latigazos en la espalda a manos del capitán, pero antes Ulrik le había prometido que, si volvía a atacar a una mujer, él mismo se encargaría de que no pudiera hacerlo nunca más. Cuando Skoll dejó caer el látigo ensangrentado sobre el suelo de la cubierta después del castigo, dos marineros se llevaron a

Jharder a rastras a su camarote.

Esa noche Knut se sentía inquieto. Un par de horas después de haberse acostado seguía con los ojos abiertos de par en par mirando el techo. Estaba tan nervioso que sabía que le sería imposible dormirse y se levantó con la intención de ir a dar un paseo por cubierta, esperando que la brisa del mar lo calmara. Pero antes se dirigió al camarote de Isolda y se detuvo frente a su puerta; allí permaneció unos segundos, escuchando atentamente, pero no oyó nada por lo que se dirigió a las escaleras.

Al ver que Jensen estaba al timón hablando con un marinero, se acercó a ellos.

—Buenas noches —saludó. Los dos contestaron y Knut añadió, mirando a Jensen —: Me gustaría hablar contigo un momento.

—Claro —contestó él y echó una mirada al marinero, que se marchó en dirección a la popa del barco para que pudieran hablar. Entonces, Jensen con las manos apoyadas en el timón, murmuró—: He oído que Isolda está mejor.

—Sí.

—Me alegro. Lo que he dicho antes delante de los Falk era verdad; desde que ella llegó a Molde, ese hijo de puta no la dejaba en paz. Es como si supiera que en realidad era una chica... —de repente puso cara de extrañeza y preguntó a Knut—: ¿Sabías que al principio se hacía pasar por un chico?

—Sí.

—Claro que si pasabas mucho tiempo con ella enseguida te dabas cuenta de que había algo raro porque la voz le cambiaba. Cuando se relajaba, se le olvidaba poner la voz grave y se notaba que era una mujer —añadió. Knut sonrió, imaginándoselo.

—Pero ¿por qué se hacía pasar por un chico?

—Era una esclava —confesó Jensen, poniéndose serio— Al parecer, cuando era solo una niña la compró una viuda que tenía un hijo. La viuda siempre la trató muy bien, pero murió hace poco, y su hijo pensaba vender a Isolda a un esclavista a pesar de que su madre le había pedido que la liberara a su muerte. Y por eso huyó. —Knut no quería ni imaginar lo que habría sufrido desde pequeña.

—Gracias por contármelo —contestó, luego se despidió y se volvió en dirección a las escaleras. Sus pasos le llevaron, de nuevo, ante la puerta del camarote de Isolda, pero esta vez escuchó un débil quejido que provenía del interior que lo decidió a llamar, rozando suavemente la madera con los nudillos. Como no obtuvo respuesta, susurró, con la boca casi pegada a la puerta—: Isolda, soy Knut. —Casi enseguida se escuchó ruido de pasos acercándose y ella abrió la puerta unos centímetros, suficientes para que él viera a la luz del candil que llevaba en la mano, que había estado llorando y que llevaba un camisón largo y blanco.

—Hola —saludó ella con voz ronca.

—Déjame pasar, por favor. —Ella dudó un momento y luego se apartó para que entrara. Knut cerró la puerta tras él conteniendo las ganas de abrazarla y de jurarle que nunca más volverían a hacerle daño. —¿Estás bien? —preguntó. Ella asintió mirándolo, pero él sabía que mentía. Acercándose un poco más, le levantó la barbilla con la mano y se perdió en las profundidades de sus ojos verdes, antes de repetir con tono preocupado—: ¿Estás bien, Isolda? — Esta vez ella movió la cabeza de lado a lado. —Tranquila, cariño — musitó él, acunando su nuca con la mano y abrazándola por la cintura—¿Ha pasado algo más?

—No —contestó, intentando reprimir un sollozo—. Es solo que he tenido una pesadilla y... ya sé que parezco una niña pequeña, pero era tan real... Siento haberte despertado. —Los ojos de Knut rebosaban ternura.

—No lo has hecho, no podía dormir. ¿Por qué no te acuestas? Todavía es muy temprano. —Ella suspiró y se apartó de él, imaginando que querría marcharse, pero Knut murmuró:

—Si te sientes más tranquila, puedo quedarme contigo... —Ella se quedó rígida al escuchar su ofrecimiento y él se volvió para marcharse —:

Volveré a mi habitación. Si necesitas algo, llámame —ofreció. Estaba abriendo la puerta cuando la escuchó preguntar:

—¿Se te da bien contar historias? —Knut la miró sorprendido.

—Mis amigos dicen que sí.

—¿Podrías contarme una para que dejara de pensar en...eso?

—Claro, pero antes, acuéstate. Yo me sentaré en el suelo, aquí mismo. —Señaló el suelo que había bajo sus pies, para que no se asustara. Ella dejó el candil en el suelo, junto a la cama, y después se tumbó de costado con la mano bajo la mejilla mirándolo y él se sentó junto a la puerta, tal y como le había dicho.

—¿Te gustaría escuchar una de las leyendas más antiguas de nuestro pueblo?

—Sí.

—Bien.

Con voz susurrante le contó la vieja leyenda según la cual un grupo de valientes guerreros se había enfrentado a Odín por una injusticia que había cometido con ellos; y cómo después el dios, iracundo, insufló en ellos un espíritu salvaje que los sometería, poco a poco, hasta hacerles perder la cordura. Y que ese espíritu solo se aplacaría si esos guerreros se unían a la mujer que les estaba destinada. La única para nosotros, nuestra *andsfrende* —confesó al final, mirándola fijamente.

—¿Eres uno de ellos? —preguntó Isolda, sorprendiéndolo, porque pensaba que se había quedado dormida. Knut, que tenía la espalda apoyada contra la pared y las piernas extendidas y cruzadas a la altura de los tobillos, contestó con un susurró:

—Sí.

Pero ella ya tenía los ojos cerrados y su respiración era tranquila, propia del sueño. Él siguió sentado, observándola a la luz del candil y velando su sueño.

Inge Dahl estaba en la popa del barco real observando pensativa el mar que iban dejando atrás, mientras su marido hablaba con el capitán.

—¿Qué tristes pensamientos te hacen poner esa cara? —bromeó Horik a su lado y ella se volvió hacia él con una sonrisa cariñosa. Como consideraba a Margarita como su hermana, Horik también era de la familia.

—Nada importante —aseguró, pero él la observó con el rostro ladeado antes de preguntar, esta vez en serio:

—¿Estás preocupada por Voring? —Inge se rindió porque sabía que era imposible ocultar nada a Horik cuando se ponía así.

—Sí—confesó—. Desde que volvimos de visitar a los Falk en el norte, mi hijo no ha sido el mismo. Siempre ha tenido un carácter tan serio como el de su padre, pero ahora está más callado y ensimismado que nunca. —Sacudió la cabeza, intranquila. —Sé que para él fue una satisfacción la orden del rey para que viajara a esa corte europea, pero yo hubiera preferido que nos acompañara a este viaje, tal y como estaba planeado—suspiró antes de añadir—: Lo cierto es que, aunque los hijos crezcan y se hagan hombres, las madres nunca dejamos de preocuparnos por ellos.

Horik no contestó, simplemente apoyó las manos sobre la parte superior de la borda, descansando cómodamente en ella y dejó que su mirada se perdiera en el ancho mar.

—Ahora eres tú el que parece triste —dijo Inge.

—No —negó él, volviéndose hacia ella—. Solo pensativo.

—¿Qué es lo que te preocupa? No soy tan lista como Margarita, pero, gracias a mis años, algo he aprendido de la vida.

—A mí no me engañas —replicó él, con una sonrisa burlona— Sé muy bien que bajo ese aspecto de mujer inocente y bonachona se esconde una de las mentes más incisivas que he conocido nunca. Pero en este caso, me temo que te equivocas porque no estoy preocupado. Creo que en este momento soy el hombre con menos preocupaciones del mundo—bromeó.

—¿Eso quiere decir que ya has olvidado a la prima de Einar? ¡Y yo que estaba segura de que esa muchacha te gustaba de verdad! —añadió Inge, traviesa. Horik la miró con los ojos entrecerrados.

—¿A qué viene eso?

—A nada —replicó ella encogiéndose de hombros—. Pero recuerda que yo también estaba allí y cuando esa muchacha y tú estabais juntos, subía la temperatura de la habitación.

—Es una mujer especial —susurró Horik como única contestación, volviéndose de nuevo hacia el mar. No quería hablar de Alana con nadie.

A pocos metros de ellos, Gregers estaba hablando con el médico en presencia de Esben. Lisbet, los gemelos, sus mujeres y las pequeñas estaban en sus camarotes, descansando.

—Ahmad, el rey me aseguró que responderías a mis preguntas con honradez. Espero que tengas en cuenta que mi única preocupación es la seguridad de todos —le decía Gregers.

—Lo sé. Y responderé a tus preguntas como si me las hiciera el mismo rey.

—Bien, pues lo primero que necesito que me digas es cómo está el príncipe de verdad —indicó Gregers con expresión grave.

—Lo examino diariamente, siguiendo instrucciones de su padre, y está bien. Además, sus amigos se turnan para vigilarlo y, si hubiera cualquier cambio, me lo comunicarían enseguida.

—Si eso ocurre, quiero que me lo digas enseguida.

Después de que Ahmad mostrase su acuerdo, Gregers lo despidió dándole las gracias y el médico inclinó la cabeza respetuosamente y se marchó. Gregers esperó a que se alejara, antes de volverse hacia Esben.

—Necesitaré tu ayuda si Haakon tiene un ataque.

—Ya sabes que puedes contar conmigo para lo que necesites —contestó Esben, muy serio—. No olvides que Haakon también es de nuestra familia.

—Créeme que no lo olvido —murmuró Gregers, sintiendo el peso de la enorme responsabilidad que el rey había depositado sobre él en ese viaje —. Los reyes están muy preocupados por su hijo y no me extraña. Durante el último ataque estuvo a punto de matar a uno de sus amigos—confesó, sorprendiendo a Esben.

—No sabía que había sido tan grave — murmuró, preocupado, pensando en su familia.

Gregers añadió:

—Pero no ha vuelto a tener ningún síntoma desde entonces y, como has oído, sus amigos no lo van a dejar solo en ningún momento. Antes de hablar con Ahmad, ya lo había hecho con ellos y también me han asegurado que me avisarán si notan algo extraño.

—Todos esperamos que no ocurra… — afirmó Esben —, pero si tiene un ataque, mis hijos y yo nos encargaremos de llevarlo a la jaula de los Falk como sea—aseguró, con los ojos entrecerrados y la mandíbula rígida. Esben no iba a permitir que nadie, aunque fuera el príncipe heredero, pusiera en peligro a su familia. Gregers y él intercambiaron una mirada, con la que se entendieron sin palabras, y luego caminaron juntos hacia Inge y Horik que estaban en la popa.

A su alrededor los marineros trabajaban incesantemente para que el barco llegara lo antes posible a su destino.

OCHO

Knut cogió la cesta repleta de peces y atravesó la cubierta en dirección a las escaleras. Pasó ante cuatro marineros que estaban comiéndose unas tortas dulces como desayuno, y que se quedaron atónitos al ver lo que había pescado él solo. Antes de bajar las escaleras, saludó a Egil que estaba hablando con Jensen y ya abajo, se encontró de frente con Einar que dijo al ver la cesta:

—Veo que no pierdes el tiempo. —Knut replicó sonriendo:

—¿No dijiste que querías que pescara?

—Eso dije, pero reconozco que, aunque conocía tu fama, no esperaba que se te diera tan bien. —Se inclinó sobre los peces e hizo un gesto de asombro al ver uno gigantesco que estaba sobre los demás— ¡Vaya ejemplar! —exclamó.

—Ha habido suerte.

—No lo creo —contestó Einar sacudiendo la cabeza —. Más bien me parece que tu fama no te hace justicia. Estoy deseando probar ese pez —añadió, señalándolo, antes de comenzar a subir las escaleras de dos en dos, casi sin hacer ruido.

Isolda estaba cortando verduras cuando él entró en la cocina, pero se detuvo al escuchar la puerta y miró sobresaltada en su dirección. Al ver que era Knut y que venía cargado, dejó el cuchillo sobre la mesa y se acercó a él secándose las manos con un trapo.

—¿Qué traes ahí? —preguntó, señalando la cesta. Knut la dejó en el suelo y ella se quedó boquiabierta al ver lo que había dentro. —¿Cuántas horas has estado pescando? —preguntó. Él se encogió de hombros como si no tuviera importancia y contestó:

—Dos, puede que tres. —La mirada llena de admiración que le devolvió Isolda hizo que se sintiera como un gigante. Volvió a coger la cesta y le preguntó:

—¿Dónde quieres que la deje?

—Sobre la mesa. Lo primero que hay que hacer es limpiarlos — aclaró. Knut obedeció mientras decía:

—Yo lo haré, estoy acostumbrado. —Sacó un cuchillo pequeño, pero que parecía extremadamente afilado, de su cinturón. Después, extendió el pez más grande sobre la mesa y comenzó a limpiarlo. —He visto a Egil con Jensen —comentó, mientras lo hacía.

—Sí, le he dicho que subiera a que le diera un poco el aire— respondió ella —¿Quién te enseñó a limpiar pescado? —preguntó, llena de curiosidad.

—Mi padre.

—¿Era un buen pescador? —Knut contestó sonriente:

—El mejor. Siendo yo muy pequeño empezó a llevarme con él al campo para enseñarme a cazar y a pescar. —Isolda sintió que le estaba contando algo que era muy importante para él. —Murió delante de mí, mientras pescábamos en un río —añadió, con voz reflexiva, mirándola —. Yo tenía once años.

—¿Qué le pasó?

—No lo sé. Se cayó al suelo apretándose el pecho con las manos. Decía que le dolía y un poco más tarde empezó a balbucear que no podía respirar. Con su último aliento me dijo que me quería y, después, murió. —Isolda parpadeó para alejar la humedad que sentía en sus ojos.

—¿Y tu madre?

—Había muerto mucho antes, ni siquiera la recuerdo.

—Lo siento. —Él se encogió de hombros y

siguió limpiando el pez.

—Bueno, fue duro porque era muy niño cuando ocurrió, pero no soy el único al que le ha pasado algo así. —El pescado ya estaba limpio. Lo señaló y preguntó a Isolda—: ¿Quieres que lo trocee?

—No, gracias. Eso lo haré yo. —Knut lo colocó delante de ella e Isolda comenzó a cortarlo con el cuchillo más grande que tenía, mientras él limpiaba el siguiente y así siguieron trabajando, hasta que terminaron de limpiar y trocear todos.

Después de recogerlo todo, ella le acercó un cubo con agua limpia y un trozo de jabón y él se lavó las manos a conciencia. A continuación, se las frotó con un puñado de sal para estar seguro de que se le quitaba el olor a pescado. Isolda había cambiado el agua del cubo y había metido las manos dentro para lavárselas, cuando Knut cogió el jabón que seguía sobre la mesa, la miró y susurró:

—¿Me permites? —Ella asintió, aunque no tenía ni idea de lo que iba a hacer. Él se humedeció las manos y frotó el jabón con ellas hasta que hizo bastante espuma y, entonces, le dijo:

—Sácalas. —Ella obedeció sin pensar y él envolvió sus manos con las suyas para compartir la espuma. Isolda se mordió el labio inferior disfrutando de la excitante visión de Knut acariciando sus manos, hasta que él se detuvo;

entonces, levantó el rostro y vio que se estaba moviendo, rodeándola, hasta que se detuvo justo detrás de ella y se inclinó para musitar junto a su oído —: No te asustes.

—No estoy asustada —replicó, sorprendida porque era cierto. Y cuando los brazos de Knut la rodearon y su pecho se pegó a su espalda, ella siguió sin asustarse. Al contrario.

—¿Quieres que me aparte? —preguntó él a la vez que, rodeándola con sus brazos, cogía las manos de ella y las sumergía en el cubo. Y siguió acariciándolas bajo el agua, a pesar de que ya estaban limpias.

—No —contestó Isolda, con voz casi inaudible.

—Necesitaba abrazarte desde... —se detuvo para no recordarle el ataque de Jharder, pero ella supo lo que quería decir. Knut siguió mimando sus manos con la barbilla apoyada en su hombro para poder observar, igual que ella, las manos de los dos bajo el agua. Ambos parecían hipnotizados por la visión, hasta que una ola agitó el barco inesperadamente provocando que volvieran a la realidad. Knut cogió el trapo con el que se había secado antes y le ordenó: — Sácalas. —Ella lo hizo y él le secó las manos con cuidado. Luego, murmuró—: Vuélvete—Isolda volvió a obedecer y se lo quedó mirando y advirtió que los ojos de él eran más azules que marrones. La abrazó con cuidado temiendo que se asustara, pero ella estaba fascinada por su ternura y suspiró cuando él enmarcó su cara con las manos y la besó. Su beso fue lento y suave, dándole tiempo a que se acostumbrase a él, e Isolda respondió con un gemido de placer y rodeando su cuello con los brazos.

Había visto en su pueblo a algunas parejas besándose y sabía lo que seguía a los besos, pero nunca había pensado que ella querría experimentarlo. Freydis le había explicado que los únicos que disfrutaban con "el acto", como ella lo llamaba, eran los hombres y por eso Isolda nunca había entendido por qué las mujeres aceptaban compartir la cama con ellos, a menos que fuera para poder ser madres. Pero el calor que sentía en el vientre había logrado que por fin entendiera por qué lo hacían.

Las lenguas de los dos se acariciaban cuando las manos de Knut acunaron sus pechos. Su pulgar acarició un pezón a través de la fina tela del vestido y ella gimoteó, entregándose a un enloquecedor y desconocido placer. Knut levantó la cabeza, abandonando su boca y la miró fijamente. Sus ojos ardían en llamas y cada célula de su cuerpo le exigía la unión con su compañera. Era la única manera de terminar con el vacío que sufría desde que podía recordar, pero se obligó a decir:

—No podemos seguir. Aquí puede entrar cualquiera. —Ella arrugó la frente, contrariada, haciéndolo sonreír. —Pero si cuando acabe el día sigues deseándolo ... —propuso, mirándola fijamente.

—Sí. Quiero hacerlo —aseguró ella, ruborizada.

Él asintió, acariciando gentilmente su pómulo con el pulgar.

—Entonces esta noche, cuando todo esté tranquilo, iré a tu camarote —prometió—Pero, antes de irme, quiero que te quedes con esto. —Puso en su mano el pequeño cuchillo con el que había destripado los pescados, y que había limpiado antes de lavarse las manos. Isolda lo cogió, rodeando con su mano el exótico mango fabricado con un mineral blanco y nacarado, que todavía conservaba el calor de su piel. No preguntó para qué le serviría un cuchillo como ese porque ya había visto con qué facilidad Knut había destripado los peces con él.

—Gracias —murmuró.

—Tienes que sujetarlo fuertemente para que no se te caiga, pero no con demasiada fuerza o podrías hacerte daño si tuvieras que clavárselo a alguien.

—No sé si podría hacer eso.

—Podrás, si estás preparada. —Volvió a colocarse detrás de ella, pero en esta ocasión su brazo izquierdo la sujetó por la cintura y con la derecha rodeó la mano con la que Isolda sujetaba el cuchillo. La bajó hasta dejarla a la altura del muslo y le dijo —: Relaja el brazo y mantén la mano así. Eso es. Ahora, imagina que alguien te ataca. Tienes que intentar que él no se dé cuenta de que vas armada para no perder la ventaja que tienes. Y, entonces, cuando menos se lo espere... —echó la mano de Isolda ligeramente hacia atrás, haciendo que ella estirara el brazo y luego la movió hacia adelante con fuerza y rápidamente —, lo apuñalas. Adelante y hacia arriba. —La mano de ella tembló en la suya y volvió el rostro para mirarlo. Iba a decirle que no podría hacerlo, pero Knut se le anticipó— Hay hombres que son como animales salvajes, pero hasta al hombre más fuerte se le puede vencer, si sabes cómo. Te prometo que, si aprendes a utilizar el cuchillo, nunca más volverás a estar indefensa ante nadie. —Fue en ese momento cuando ella se dio cuenta de que estaba recibiendo una lección muy valiosa y puso toda su atención en aprenderla. Knut le hizo repetir el mismo movimiento de apuñalamiento varias veces, acompañando el movimiento con su mano, hasta que sintió que ella lo hacía con más soltura. Entonces le dejó libre la mano y dijo—: Ahora, hazlo tú sola. —Se lo hizo repetir tantas veces que el brazo le dolía cuando, por fin, él afirmó—: Ya es suficiente. —Y volvió a colocarse frente a ella —.

Llévalo siempre encima, escondido, y no le digas a nadie que lo tienes.

—De acuerdo —contestó ella, guardándose el cuchillo en el bolsillo, con una sonrisa temblorosa.

Knut la abrazó y le dio un último beso lleno de promesas.

—Hasta la noche —susurró, dedicándole una última mirada ardiente. Luego, se marchó.

Cuando el príncipe Haakon subió a la cubierta de madrugada, se sorprendió al encontrarse con Leif, Ydril y sus pequeñas en la popa del barco; todos ellos estaban sentados en uno de los dos gigantescos cofres de almacenaje que se utilizaban también como asientos. Las niñas estaban dormidas en brazos de sus padres e Ydril parecía a punto de imitar a sus hijas, ya que estaba apoyada en el hombro de Leif y tenía los ojos cerrados. Haakon dudó por un momento si debía volver a su camarote para no interrumpir la intimidad de la familia, pero Leif lo vio y le hizo una seña para que se acercara. El príncipe recorrió la cubierta con seguridad a pesar del intenso oleaje y, cuando se detuvo frente a ellos, Ydril levantó el rostro para ver quién era y le sonrió.

—Buenas noches —saludó.

—Buenas noches —respondieron ellos. Él preguntó señalando a las pequeñas:

—¿No van a coger frío? —Aunque estaban en verano y las niñas iban abrigadas, refrescaba bastante por la noche, sobre todo en el mar debido a la humedad. Ydril y Leif se miraron antes de que ella contestara con una sonrisa irónica:

—No les gusta estar abajo y no tienen ningún problema en hacérnoslo saber. ¡No sabes cómo se ponen cuando se enfadan! —exclamó, acariciando con el índice la mejilla de la niña que tenía en brazos.

—Ya las he oído —atestiguó el príncipe con una sonrisa, metiéndose las manos en los bolsillos.

—Todo el barco las ha oído, Haakon. En casa casi no lloraban, pero aquí... —contestó Leif y se encogió de hombros sin terminar la frase. En ese momento Magna, que era a quien él tenía en brazos, arrugó la boca haciendo una mueca de enfado y luego la abrió para empezar a llorar. Pero Haakon se inclinó sobre ella y le sopló suavemente en la orejita que tenía a la vista. La niña puso cara de sorpresa y se relajó instantáneamente y Leif miró a Haakon, sorprendido:

—¿Dónde has aprendido a hacer eso? —El príncipe parecía estar más extrañado que él por lo que acababa de hacer.

—Una vez vi cómo una madre se lo hacía a su bebé y lo he recordado de repente —confesó. Alargó la mano hacia la niña y le acarició el pelo con cuidado, pero la retiró enseguida como si temiera hacerle daño.

—¿Te gustaría coger a Edohy en brazos? —le preguntó Ydril, a quien le pareció ver en su mirada que así era.

—¿No se despertará?

—Creo que no —replicó ella. Se movió sobre el asiento, acercándose a Leif para hacer sitio al príncipe y le dijo—: Acomódate, por favor, es mejor que estés sentado. —Haakon obedeció y ella le explicó cómo tenía que coger a la niña; luego, se la pasó y se quedó girada hacia él, observándolo. Pero él parecía saber cómo tenía que cogerla y la pequeña Edohy siguió dormida, tan tranquila.

—Es una sensación especial tener a un niño tan pequeño en brazos —dijo Haakon al rato, mirando a Leif. Él, sonriendo, replicó:

—Al menos ha merecido la pena que te hayamos despertado, ¿no?

—No me habéis despertado. Hace mucho que no duermo bien —confesó mirándolo, y Leif advirtió las sombras que había en sus ojos. Era más joven que él y que Finn y, sin embargo, en algunos aspectos parecía mayor. Pero a Leif no le extrañaba, después de escuchar lo que su padre le había contado acerca de los ataques que llevaba sufriendo desde hacía años.

—Knut está tomando unas hierbas que le dio una curandera, Roselia, que le están ayudando mucho —susurró antes de darse cuenta de que era posible que Haakon no quisiera hablar sobre eso. El príncipe se tensó al escuchar sus palabras, pero casi enseguida, suspiró y sus hombros se relajaron.

—Ahmad también me las ha dado. Y desde que las tomo estoy más calmado, pero también me ha dicho que no van a hacerme efecto siempre —explicó con una sonrisa melancólica.

—Encontrarás a tu *andsfrende* antes de que dejen de hacerte efecto —murmuró Ydril, convencida. Haakon iba a contestarla cuando escuchó que alguien subía por las escaleras de la bodega y giró el rostro para ver quién era. Se trataba de sus tres amigos que subían, corriendo y discutiendo entre ellos por no haberse dado cuenta de que él había salido de la habitación. Y cuando lo vieron, sentado tranquilamente con una de las bebés en los brazos, se quedaron inmóviles mirando la escena hasta que Haakon les dijo:

—¿Os vais a quedar ahí, de pie, como tres pasmarotes? —Al oírlo, se acercaron. Daven fue el primero que llegó a su lado. Sonriendo, se inclinó para observar a Edohy que seguía durmiendo apaciblemente en los brazos del príncipe.

—¿Se despertará si la toco? —preguntó a Ydril, que sonrió al ver la emoción que había en la mirada del amigo más simpático del príncipe.

—Si lo haces con cuidado, no —contestó. Daven pasó el índice por la frente de la pequeña, maravillándose por la suavidad de su piel. Se quedó mirando su carita hasta que Axel, que estaba detrás de él, le dio un suave codazo y le dijo:

—Deja sitio a los demás. —Entonces Daven se acercó a Leif para observar a Magna.

—Son exactamente iguales —murmuró.

—Exactamente, no, pero sí son muy parecidas —contestó Leif.

—¿Vosotros las distinguís? —preguntó, dirigiéndose a Leif y a Ydril que se rieron antes de contestar a la vez:

—Sí. —Daven estaba tan absorto observando a la pequeña que Ydril le preguntó: —¿Quieres cogerla? —Él la miró como si se hubiera vuelto loca. Pero Leif se levantó y le dejó su sitio en el cofre— Siéntate—ordenó. Axel y Bjorn observaron fascinados a su amigo coger a la niña, con todo el cuidado del mundo, de los brazos de Leif. Y todavía les asombró más la paz que apareció su rostro después.

—¿Al final no vais a venir a la cena en el barco de los Falk? —preguntó Haakon a Leif, que le hubiera gustado que acudieran los dos gemelos. Le caían muy bien.

—No. Puede que os parezca una tontería, pero no arriesgaría la seguridad de mis hijas por nada del mundo. Y mis padres y Magnus han decidido que tampoco quieren ir —añadió, con una sonrisa traviesa—. Dicen que son demasiado mayores para cruzar la pasarela, pero lo que yo creo es que no quieren separarse de mis hijas, ni siquiera por unas horas.

—No me extraña... —susurró Daven, sin dejar de mirar la carita de la niña que tenía en brazos. Empezaba a entender por qué la gente tenía hijos.

—Los Dahl tampoco van a ir —añadió Haakon, acariciando con un dedo enorme los ricitos dorados de la pequeña Edohy—. Y Gregers me ha aconsejado que yo haga lo mismo, dice que pasar al otro barco para asistir a una cena es correr un peligro innecesario — afirmó haciendo una mueca—. Pero le he contestado que no corro ningún peligro, porque estos tres pesados— añadió señalando con la barbilla a sus amigos—, van a venir conmigo. Además de Horik y Ahmad. ¡Con semejantes escoltas estoy seguro de que nada malo me puede pasar! ¡Ni bueno tampoco! —Comenzó a reírse a carcajadas de su propia broma y su risa era tan contagiosa que los demás lo acompañaron.

Bjorn se acercó a Daven y le dijo:

—Ya la has tenido mucho tiempo, ¿no? —Como Daven parecía decidido a no soltar a la niña, Leif rio por lo bajo y les dijo:

—Creo que os voy a llamar la próxima vez que empiecen a aullar como animales salvajes, que es lo que hacen cuando quieren algo, para que veáis cómo son en realidad. —Ydril añadió, divertida:

—Un poco salvajes sí que son; está claro que han salido a ti. —La cara de asombro de Leif cuando se volvió hacia ella fue tan cómica que todos comenzaron a reír de nuevo, pero como esta vez las carcajadas eran muy ruidosas Ydril los hizo callar con un murmullo, amenazándolos de muerte si despertaban a las pequeñas.

NUEVE

En cuanto Isolda escuchó la suave llamada de los nudillos de Knut en la madera, le abrió y retrocedió para que pudiera entrar en su camarote. Él cerró la puerta y apoyó la espalda en ella. Respiró profundamente para intentar tranquilizarse y susurró:
—Llevo todo el día pensando en este momento.
—Ella contestó, ruborizada:
—Yo también. Me da un poco de miedo, pero no he podido pensar en otra cosa desde esta mañana.
—Knut se acercó y la abrazó.
—Si quieres, podemos esperar.
—No. Quiero hacerlo. —La atracción que sentía por él era tan grande que superaba su miedo con creces. Además, sabía que Knut sería cuidadoso con ella. —Pero es mi primera vez; quiero decir que no sé muy bien lo que tengo que hacer. —Creía que

era mejor que él lo supiera.

—Tranquila, solo necesito saber qué te gusta y qué no — musitó Knut antes de depositar un suave beso en el lóbulo de su oreja, que hizo que ella suspirara de placer—Por ejemplo... ¿te gusta cuando te beso?

—Sí. —Era mucho más que gustar porque nunca se había preguntado qué sentirían las mujeres al compartir la cama con un hombre, hasta que él la había besado.

Knut puso su mano, grande y caliente, en su mejilla. Isolda lo miraba fijamente sintiendo el calor de su palma irradiándose hacia su interior, calmando sus nervios. Lentamente, él bajó la cabeza y buscó sus labios, jugueteando con ellos hasta que Isolda los abrió para él, permitiendo el paso a su lengua. Acarició lentamente su espalda y descendió por sus costados, calentando su piel a través de la fina tela del vestido. Con un gruñido de placer, Knut hundió los dedos en su pelo corto y suave, disfrutando del tacto de sus mechones sedosos. Desató los lazos de su vestido y lo dejó caer al suelo revelando su ropa interior de algodón. Sin dejar de mirarla a los ojos se agachó hasta quedar de rodillas ante ella, adorándola. Rodeando sus caderas con los brazos, atrajo su cuerpo hacia él y hundió la cara en su vientre con un gemido de júbilo.

Emocionada, Isolda le acarició el pelo, grueso y negro, advirtiendo que estaba húmedo.

—¿Tú también te has bañado? —Él lo confirmó con un gesto y ella sonrió ligeramente porque los dos habían tenido la misma idea. Knut apoyó suavemente sus manos a la altura de su cintura, con los pulgares metidos bajo la cinturilla de sus bragas y preguntó:

—¿Puedo? —Ella se mordió el labio y sintió cómo enrojecía por completo, pero asintió y él se las quitó. Hechizado, recorrió con sus manos el contorno de los muslos femeninos, bajó hasta sus rodillas y subió de nuevo hasta llegar a sus nalgas. Ella sintió que se le doblaban las rodillas cuando sus besos comenzaron a recorrer su vientre y sus caderas, pero cuando sus labios rozaron su zona más íntima se apartó bruscamente y retrocedió hasta sentir el borde de la cama con las piernas, y se quedó mirándolo con los ojos como platos.

Knut se odió por haberla asustado y se puso de pie sin dejar de observarla.

—Tranquila —musitó— ¿Quieres que lo dejemos? —preguntó, con voz serena. Ella siguió mirándolo fijamente durante un rato, pero finalmente negó con la cabeza. —¿Te sentirías más tranquila si me desnudara? —No sabía cómo se le había ocurrido preguntarle eso, pero, sorprendentemente, ella asintió y él comenzó a quitarse la camisa e Isolda se sentó lentamente en su cama, sin dejar de mirarlo. Después de despojarse de la camisa, la lanzó al suelo y cayó junto al vestido de ella. Su musculoso pecho estaba cubierto en algunas partes por un fino vello negro y marcado por demasiadas cicatrices, lo que hizo que Isolda recordara que Egil le había contado que Knut había sido soldado en la gran guerra. De repente, hubo algo que necesitaba preguntarle, aunque no tenía nada que ver con ese pensamiento:

—¿Has hecho esto con muchas mujeres? — Apartó la mirada al ver que se estaba quitando los pantalones.

—Nunca con alguien como tú —confesó él acercándose, ya desnudo. Isolda tenía la cabeza girada hacia la pared para no verlo, pero notó cuándo se sentó junto a ella y se estremeció.

—Mírame. —Esperó pacientemente, pero como no lo hacía, la cogió a pulso para sentarla sobre su regazo y la abrazó. Su piel ardía en contraste con la de Isolda que estaba helada y, cuando una de las manos de ella tocó accidentalmente su pene, suave y rígido, le echó un vistazo y tragó saliva al ver su tamaño. —No hay nada que temer —le aseguró él.

Ella levantó el rostro para mirarlo a los ojos con el corazón latiéndole tan violentamente que creía que se le saldría del pecho. Knut besó su pelo y sin dejar de abrazarla, prometió: —Isolda, seré tan suave contigo como pueda y no solo ahora. Jamás te haré daño, ni te forzaré a hacer nada que no quieras hacer. —Respiró hondo y se obligó a añadir —: Y te repito que, si quieres que no sigamos adelante, esperaré.

Isolda no podía saber cuánto le había costado decir esas palabras porque la necesitaba desesperadamente, pero ella estaba por encima de todo, incluso de sus propias necesidades. Pero sus palabras la calmaron.

—No. Quiero seguir —afirmó, intentando aparentar seguridad, aunque a Knut le parecía que seguía estando un poco pálida.

—De acuerdo —murmuró él y le dio un beso suave junto a la boca, antes de levantarla para tumbarla sobre la cama. Ella se tapó los pechos y el pubis con las manos, y él le pidió:

—No te cubras, por favor. —Besó la tersa piel de sus hombros y descendió por la suave pendiente de su pecho, pero antes de dedicar toda su atención a sus senos, levantó el rostro y dijo:

—Jamás he sentido esto por nadie, porque eres la *única* para mí. Solo tú me completas, al igual que solo yo te completo a ti. —Se detuvo, buscando las palabras que pudieran explicar mejor cómo se sentía, pero ella lo sorprendió al susurrar:

—¿Quieres decir que soy tu *andsfrende*? —

Él agrandó los ojos y se quedó mirándola, sorprendido porque recordara lo que le había contado cuando estaba medio dormida. Isolda levantó su pequeña mano para deslizarla tiernamente por su mandíbula. —Los Falk son berserkers y muchos de sus soldados también— explicó—. Y desde que trabajo para ellos sé lo que les ocurre a los berserkers que no encuentran a su pareja. —Knut recordó la conversación que había tenido con Einar, comprendiendo en ese momento que lo que le había dicho él era cierto; que las gentes del norte trataban a los berserkers con naturalidad y no como si fueran unos monstruos. Emocionado porque aceptara lo que él era con tanta normalidad, giró el rostro para besar con adoración la palma de su mano y ella formó un puño para guardar dentro su beso.

—Soy tuyo, Isolda. Para siempre —juró Knut fervorosamente, tumbándose sobre ella. Isolda, embelesada, le rodeó el cuello con los brazos. Había oído que los hombres solían ser bruscos cuando se dejaban llevar por la pasión y había temido ese momento, pero él estaba mostrando una paciencia infinita con ella.

Knut le acarició un pecho y luego se inclinó y cubrió su cima con la boca. Trazó lentamente con la lengua las arrugas del excitado capullo y, a continuación, hizo lo mismo con el otro. Los chupó y mordisqueó hasta que ella se retorció y se arqueó hacia él, abandonándose a la pasión. Sin dejar de mimar sus pechos con la boca, la mano derecha de Knut descendió por el cuerpo femenino, agasajándolo, hasta que llegó a su pubis y, entonces, ella se puso rígida.

—No —protestó. Pero, en esta ocasión, él no obedeció sus deseos y, dejando que su mano cubriera su zona más íntima, la miró con una tierna sonrisa.

—¿Por qué no? —preguntó, curioso. Sin esperar su respuesta, la mordió el lóbulo de la oreja y luego lamió el mordisco con la punta de la lengua. Después le habló, a través de esa oreja con el más suave de los susurros— Igual que yo te pertenezco a ti por entero, cada parte tuya me pertenece. Y esto también —añadió, apretando ligeramente la mano sobre su pubis. Ella arrugó la frente, pero los ojos de él brillaron cuando sus dedos tocaron la humedad que había entre sus piernas, y se arrodilló entre ellas para separar sus labios verticales. Introdujo dos dedos dentro de su resbaladiza suavidad y los movió suavemente, dentro y fuera, hasta que Isolda jadeó y musitó su nombre.

La besó, volviendo a tumbarse sobre ella, e Isolda respondió a su beso con la misma pasión que él le mostraba, abrazada a su nuca. Knut separó sus rodillas con una pierna, se colocó en posición y se introdujo dentro de ella, lenta y cuidadosamente, hasta que llegó a su resistencia virginal. Salió y volvió a entrar, tratando de que se acostumbrara a él. Entrelazó sus dedos con los de ella y siguió moviéndose así durante unos minutos y, cuando sintió que estaba preparada, embistió profundamente, llenándola por completo. El rostro de Isolda se retorció por el dolor y él se detuvo y la besó en la frente, los ojos y los labios mientras que su miembro latía, rodeado por su aterciopelada carne, esperando.

—Lo siento —murmuró levantando un poco la cabeza para poder ver bien su rostro—. No dolerá mucho rato —añadió junto a su boca. Mientras esperaba a que lo aceptara completamente, escondió la cara en su cuello, respirando su olor, tratando de encontrar la calma necesaria para no moverse hasta que sintió que el cuerpo de ella se relajaba. Volvió a mirarla a los ojos.

—¿Estás mejor? —Tardó unos segundos en contestar con voz ronca:

—Creo que sí. —Él salió lentamente de ella y volvió a entrar.

Después de los primeros embates, un instinto ancestral hizo que Isolda comenzara a arquearse hacia él, anticipándose a sus movimientos y Knut volvió a inclinarse sobre sus pechos para lamerlos, tratando de aumentar su placer. Perdida en una marea de sensaciones, ella se dejó llevar por el inesperado y creciente placer cuando, de repente, sintió que algo estaba a punto de ocurrirle, algo que nunca había experimentado y que, precisamente por eso, la asustó.

—¡Espera, por favor! ¡Para un momento! —Jadeaba agarrada a sus brazos—No creo que pueda soportarlo— murmuró, negando con la cabeza, aunque ella misma no sabía a qué se refería. Los ojos de él resplandecían cuando contestó:

—Sí que puedes.

Y siguió sumergiéndose, cada vez más profundamente, en el cuerpo femenino. Sus embestidas eran despiadadamente lentas y regulares, buscando retrasar su propio placer para asegurarse de que ella llegaba antes al suyo, hasta que Isolda dio un grito que acalló tapándose la boca con la mano. Se quedó inmóvil y todos sus músculos se contrajeron cuando la atravesó una ola de placer que no se parecía a nada que hubiera sentido antes. Solo entonces, Knut aceleró sus embestidas hasta que también alcanzó su propia satisfacción.

Se quedaron sobre las sábanas arrugadas, abrazados y en silencio, durante mucho tiempo hasta que Knut se movió para tumbarse de costado, sin dejar de abrazarla. Apartó de su rostro algunos mechones húmedos y la besó en la frente y luego en la mejilla. Isolda sonrió. Se sentía agotada, pero feliz.

—¿Cómo estás?

—Muy bien. Freydis me había hablado del dolor que sentimos las mujeres la primera vez que nos unimos a un hombre y esperaba... bueno, no esperaba sentirme así. Al menos esta vez. —Knut trazó con la yema de los dedos un relajante dibujo sobre sus caderas mientras la escuchaba.

—¿Quién es Freydis?

—La mujer que me crió. Me compró cuando yo era una niña para que la ayudara con las tareas de la casa. —Al verlo entornar los ojos, sintió la necesidad de defenderla y añadió—: Siempre fue buena conmigo y para mí era mi única familia. Desgraciadamente, murió hace unas semanas.

—Jensen me contó que habías sido esclava y que por eso ibas disfrazada de chico cuando llegaste a Molde. Pero no creí que estarías tan encariñada con la mujer que te compró. Lo siento —murmuró él.

—Imagino que es difícil de entender. —Aun así, trató de explicárselo—. Ella me quería, Knut. En su lecho de muerte le pidió a su hijo que me liberara, pero él había planeado venderme a un desconocido. Por eso me escapé.

—Aunque esa mujer te tratara bien, nadie tiene

derecho a poseer a otra persona.

—Lo sé, pero, a pesar de todo, yo la quería mucho. —Como estaba a punto de echarse a llorar, musitó—: No quiero seguir hablando de esto.

—Entonces no lo haremos.

—¿Con las otras mujeres te quedabas a dormir después de hacerlo? —le preguntó, sorprendiéndolo. Cubrió la mano que ella tenía sobre su pecho con la suya y la apretó cariñosamente.

—No, nunca; ni siquiera recuerdo sus caras ni sus nombres. Y es la primera vez en mi vida que sé lo que es ser feliz por completo. —Con la última frase consiguió que ella volviera a sonreír.

—¿Quieres quedarte a dormir? —le preguntó tímidamente. Los ojos de él resplandecieron y contestó:

—Estoy a tus órdenes. —Luego, la besó suavemente en los labios e Isolda se arrellanó en sus brazos sonriendo.

Poco después los dos se durmieron sin ser conscientes de que alguien esperaba, oculto entre las sombras del pasillo, a que Knut volviera a su camarote.

DIEZ

Barco de los Falk
Tercer día de navegación.

Aunque era temprano Isolda ya tenía preparado el desayuno para todos. Había seguido la receta que le había enseñado Helmi en el castillo de los Falk y había hecho tortas dulces, que se mantendrían tiernas durante varias horas. Egil había subido cuatro bandejas llenas a cubierta para que todos comieran lo que quisieran, además de fruta, y té y agua para beber, ya que no tenían leche.

A pesar de que la noche anterior había dormido poco, se sentía descansada y llena de energía y, aunque todavía quedaban muchas horas para el almuerzo, empezó a preparar la comida con la intención de tener algunas horas libres por la tarde. Y mientras lo hacía, pensó en cómo había cambiado su vida. Cuando vivía con Freydis creía que su vida era buena, pero era porque no conocía nada más. Ahora, gracias a Knut, había descubierto lo que era sentirse amada y feliz.

Sonrió al escuchar los pasos de Egil acercándose por el pasillo. Hacía bastante rato que había subido el desayuno, pero ya le había avisado de que tardaría un poco en volver porque Jensen le iba a seguir enseñando cómo llevar el timón, aprovechando que estaba de guardia.

—¡Cada vez me gusta más guiar el barco! —exclamó, nada más atravesar el umbral de la cocina. Isolda sonrió al ver lo contento que estaba.

—Me alegro. Y ahora, ponte con las patatas, por favor. —Sin rechistar, él se puso el delantal y obedeció.

—Te advierto que no voy a ser ayudante de cocina toda mi vida —añadió con el descaro que a ella le encantaba.

—¿Prefieres ser marinero? —le preguntó, mientras removía el guiso que tenía al fuego.

—¡No! ¡Quiero ser capitán! —replicó, mirándola como si se hubiera vuelto loca— ¿Qué vas a hacer de comida? Me muero de hambre.

—Carne guisada con patatas, pero todavía falta mucho para que esté. ¿No has desayunado arriba?

—Él sacudió la cabeza de lado a lado, sin dejar de pelar patatas y ella suspiró, aunque se lo esperaba.

—Te he guardado unas tortas. Están en ese plato, tapadas con un paño—Él cogió una y se la metió entera en la boca para poder seguir pelando patatas mientras masticaba a dos carrillos. Ella aprovechó para preguntar:

—¿Cómo está todo por cubierta? —Egil tragó antes de contestar.

—Si te refieres a Jharder, Skoll lo tiene fregando la cubierta y no le quita ojo. Jensen me ha dicho que ayer el capitán detuvo a varios marineros que querían pegarle una paliza por lo que te hizo. —Isolda dejó lo que estaba haciendo, sorprendida. —Knut también le ha dicho a Einar que no deje de vigilarlo hasta que lleguemos a la isla.

—¿Cómo lo sabes? —preguntó, llena de curiosidad. No sabía cómo conseguía enterarse siempre de todo. Él se encogió de hombros con una sonrisa traviesa y contestó:

—Oí como se lo decía. A veces la gente olvida que estoy cerca.

—No entiendo por qué. ¡Con lo alto que eres!

—¿Seguro que no te hizo nada? —preguntó, muy serio.

—¡Claro que no! Ya te lo dije. —Dejó el cucharón con el que estaba removiendo las verduras dentro de la olla y se acercó a él. Le puso la mano en el antebrazo y los dos se miraron. —Te lo prometo, Knut llegó a tiempo. Jharder solo me hizo daño en las muñecas, pero ya no me duelen. —Él suspiró antes de seguir con las patatas.

—Creo que a Knut le gustas mucho. Te mira igual que yo a los postres que haces —bromeó, haciéndola reír.

—Precisamente hoy había pensado hacer el que más te gusta: Skyr con bayas. —Él abrió los ojos como platos, entusiasmado— Pero si no acabas de pelar las patatas tendré que terminarlas yo y no me dará tiempo a hacerlo. —Eso fue suficiente para que redoblara sus esfuerzos.

—¡Ah, se me olvidaba! Le he dicho a Jensen que viniera más tarde a merendar —añadió. A Isolda le había parecido buena idea ya que, desde que habían embarcado no habían vuelto a desayunar juntos. En el barco todos estaban muy atareados.

—Muy bien —contestó.

—Buenos días. —Los dos se giraron y contestaron al saludo de Adalïe Falk a quien no habían oído acercarse y que estaba a su lado, sonriendo. Se dirigió a Egil y le dijo:

—¿Nos dejas a solas, por favor? Quiero hablar con Isolda. —Él miró a su amiga y ella le hizo un gesto para que se fuera tranquilo. Antes de irse, se quitó el trapo que se ataba a la cintura cuando trabajaba en la cocina, para no mancharse los pantalones y poco después lo escucharon subiendo las escaleras.

—¿Cómo estás? —Isolda se sorprendió al emocionarse por su preocupación y tuvo que parpadear para alejar las lágrimas de los ojos.

—Bien, bueno... mejor —rectificó en el último momento, puesto que todavía temía ver aparecer a Jharder, aun sabiendo que estaba vigilado. Solo cuando Knut estaba a su lado se sentía a salvo del todo.

—Los hombres pueden ser útiles en momentos como este. —Aunque el comentario estaba hecho sin malicia, Isolda se ruborizó intensamente. Adalïe se inclinó sobre ella y susurró, como si estuviera compartiendo un secreto—: Deja que cuide de ti. Les encanta hacerlo y, además, habrá otras ocasiones en la vida en las que él necesitará que tú lo apoyes a él.

—No será lo mismo.

—¿Por qué no? —preguntó Adalïe, sorprendida.

—Porque él es muy fuerte, no creo que ... —se calló al ver que Adalïe movía la cabeza de lado a lado, claramente en contra de lo que ella decía— ¿No crees que los hombres, por regla general, son más fuertes que nosotras? —preguntó, incrédula, porque le parecía algo indiscutible.

—Físicamente, sí. Pero muchas veces la fuerza física no es lo más importante... —Adalïe se encogió de hombros y dejó en el aire la respuesta durante unos segundos; después, añadió—: y en esas ocasiones necesitará tu ayuda.

—No estoy segura —contestó Isolda, pero antes de que Adalïe pudiera añadir nada más, ambas se sobresaltaron al escuchar un grito de Ulrik llamando a su mujer.

—Me tengo que ir. Le he dicho a mi marido que subiría a cubierta enseguida, pero me he desviado para venir a verte. Quería saber cómo estabas y también, si ya tienes pensado lo que vas a hacer mañana para cenar.

Al día siguiente sería el cumpleaños de Adalïe y lo iban a celebrar con una cena a la que acudirían algunos invitados del barco real. Einar se lo había dicho a Isolda antes de embarcar para que esa noche preparara algo especial.

—Había pensado hacer un estofado de cordero, acompañado con patatas y verduras.

—Estaba tan bueno el guiso de pescado de ayer que me gustaría que lo repitieras para mi cena —sugirió Adalïe.

—Le diré a Knut que me consiga peces suficientes —contestó ella con una tímida sonrisa.

—Hazlo, por favor.

—¡Adalïe! ¿Vas a subir ya o tengo que bajar a buscarte? — Isolda se estremeció al escuchar el vozarrón de Ulrik, sobre todo porque esta vez le sonó más cerca, como si estuviera en el borde de las escaleras, preparado para bajar. Adalïe lanzó una mirada, divertida y exasperada a la vez, en dirección al pasillo y luego, mirando a Isolda, añadió:

—Tengo que marcharme. Pero recuerda que puedes hablar conmigo cuando quieras —ofreció, apretando suavemente la mano de Isolda, que se quedó observando su marcha. Después, escuchó su melódica voz calmar al iracundo Ulrik, cuyos gritos se convirtieron en un murmullo tranquilo en pocos segundos.

Poco después volvió Egil y ella se marchó a buscar a Knut para decirle que tendría que emplearse a fondo pescando porque al día siguiente iba a necesitar muchos más peces que la vez anterior, para poder dar de comer a todos los invitados que Adalïe tendría en su cena de cumpleaños.

Embarcación real.
Tercer día de navegación.

Magnus había subido a la cubierta huyendo

de su camarote donde ya se empezaba a notar el calor, a pesar de que todavía era temprano. Estaba acodado en la borda dejando que la brisa lo refrescara y tratando de distraerse para no pensar en lo que estaría ocurriendo en su antigua abadía, cuando escuchó subir a alguien por las escaleras. Se giró, imaginando que sería otro marinero ya que ahora mismo solo había tres manejando el barco, pero se trataba de Ahmad.

Desde que habían embarcado, había hablado con él un par de veces y le parecía un hombre bastante agradable, de modo que levantó el brazo y le hizo una seña para que se acercara, lo que el árabe hizo con una sonrisa amistosa. Magnus observó que se movía por el barco con una confianza digna del más experimentado de los marineros, lo que no le sorprendió puesto que había oído que había viajado por todo el mundo.

—Buenos días.

—Hola. —Mientras Magnus respondía a su saludo, el recién llegado se acodó a su lado en la borda. —¿Hacía mucho calor en tu camarote?

—Mucho.

—Ahmad, ayer se me ocurrió que al haber viajado tanto puede que tengas alguna información sobre Selaön que yo no conozca... —Desde que supo que iba a hacer este viaje Magnus había estado buscando escritos sobre la misteriosa isla, pero no había encontrado nada. Por eso no le sorprendió que Ahmad, que siempre parecía saberlo todo, le contestara con una negativa acompañada con una expresión de disculpa.

—Pues no, ni siquiera había oído hablar de ella hasta que llegué a vuestro país.

—Comprendo —contestó y como necesitaba escuchar algo que lo distrajera, le pidió—: He oído que eres un buen narrador, ¿te importaría contarme alguna cosa sobre tu país? —Ahmad sonrió, luciendo una dentadura blanca y perfecta que contrastaba con su piel oscura.

—¿Qué quieres saber?

—¿Qué crees que es lo que más me llamaría la atención de tu país, si yo fuera a visitarlo?

—Las mujeres. —Magnus lo miró con los ojos agrandados por la sorpresa y afirmó:

—Pensaba que ibas a decirme que el paisaje o el tiempo. —Su reflexión hizo reír a Ahmad por lo bajo, antes de replicar:

—En esos dos aspectos nuestros países son muy diferentes, es cierto. Pero cuando yo llegué a vuestro país, lo que más me sorprendió fue ver cómo se comportaban mujeres. Y sigue sorprendiéndome.

—Cuéntame por qué. —El médico apartó la mirada de Magnus y la dirigió hacia el oscuro mar que tenía enfrente.

—En mi país las mujeres llevan el rostro tapado siempre que están fuera de casa, pero, sobre todo, no pueden tomar casi ninguna decisión sobre sus vidas. No gozan de la libertad que tienen las vuestras.

—Me parece algo terrible —susurró Magnus, horrorizado. Ahmad hizo una mueca de asentimiento.

—Un día, hace cinco años, me convocaron a palacio para que examinara a una de las esposas del visir. Se trataba de la última con la que se había casado, una mujer muy joven llamada Amina. —Magnus ya sabía que algunos árabes tenían varias mujeres, por lo que no se sorprendió.

—¿Y pudiste curarla?

—Sí, no era nada grave —contestó Ahmad con voz ronca y los ojos perdidos en el horizonte, recordando—. Pero, mientras la trataba, cometimos el error de enamorarnos.

—Lo siento. Imagino que la cosa no acabó bien.

—No, para ninguno de los dos. Ese fue el motivo por el que tuve que huir de mi país.

—Creía que estabas a punto de volver cuando los reyes te pidieron que acompañaras a su hijo en este viaje. —Magnus lo sabía por Esben.

—Sí, el visir murió el año pasado y yo quería volver a ver a mi familia.

—¿Y Amina?

—Al poco de morir el visir, se comprometió con un hombre muy rico y se casaron hace unos meses. Creo que el amor que sentimos, me marcó a mí más que a ella —murmuró, encogiéndose de hombros.

—¿Y, después de que todo lo que te pasó, crees que mereció la pena haberte enamorado de ella? —le preguntó Magnus. Ahmad se volvió hacia él y afirmó:

—Sí, porque nunca he sido tan feliz como cuando estuve entre sus brazos.

Magnus asintió y los dos se quedaron observando la estela que dejaba el barco a su paso, absortos en sus pensamientos.

Barco de los Falk
Tercer día de navegación.

Cuando llegaron Egil y Jensen, Isolda estaba sirviendo el té y Knut colocando los cuatro cuencos en la mesa, en cuyo centro había puesto una bandeja con tortas y una jarra de miel.

—¡Vamos, sentaos! —exclamó, al ver que se quedaban mirando indecisos a Knut, que ya había tomado asiento en la silla que estaba al lado de la que usaría ella. Egil y Jensen se sentaron y comenzaron a merendar en silencio y ella se sintió obligada a romper el hielo.

—Egil está disfrutando mucho de tus clases —dijo dirigiéndose a Jensen. Él sonrió y las arrugas de su rostro se multiplicaron, haciendo que pareciera más humano, porque Jensen casi nunca sonreía. Al principio, Isolda desconfiaba de él, quizás porque siempre estaba muy serio; pero era muy paciente con Egil y ella le estaba muy agradecida por eso. El muchacho a veces necesitaba hablar con un hombre mayor, y parecía que a Jensen le gustaba su compañía.

—Ya me he dado cuenta de que le gusta coger el timón —contestó Jensen mirando a Egil, que sonrió distraído porque estaba concentrado en echar miel a las dos tortas que se había servido en el plato.

—¿Gustarle? ¡Le encanta! ¡No habla de otra cosa! —exclamó ella, riendo al ver las dificultades que Egil tenía para masticar la torta entera que se había metido en la boca. En cuanto pudo tragársela, comenzó a preguntar a Jensen todo tipo de cosas sobre su trabajo como timonel. Isolda estaba atenta a la conversación cuando Knut cogió su mano por debajo de la mesa, y entrelazó los dedos con los suyos. Ese gesto tan sencillo consiguió que se sintiera tan querida, que creyó que el corazón le estallaría de felicidad. Y pareció que Egil le había leído el pensamiento porque dijo:

—Por primera vez desde que murió mi padre, siento que vuelvo a tener una familia. —Isolda sonrió y después miró a Knut, pero él estaba observando a Jensen con tal cara de extrañeza que ella se volvió hacia el timonel y se quedó atónita al ver que, de su rostro había desaparecido la sonrisa y que sus ojos se habían quedado vacíos, sin vida. Turbada, volvió a mirar a Egil y vio que tampoco entendía qué estaba pasando. Knut acarició con el pulgar el dorso de la mano de Isolda buscando tranquilizarla y señaló tranquilo, pero decidido, a Jensen:

—Estoy seguro de que el muchacho no ha querido molestarte. —El timonel se frotó la frente con la palma de la mano. Observó a Egil con expresión sombría y susurró:

—Egil, sería mejor para todos que no... —se interrumpió bruscamente y miró a Knut, como si no soportara seguir mirando al muchacho y trató de explicarse—: Durante la guerra, atacaron mi pueblo y asesinaron a mi mujer y a mis hijos. Yo había ido a pescar como todos los días y cuando volví, encontré mi casa quemada y los cadáveres de los cuatro en el interior. Creo que en ese momento me volví medio loco. Tardé tres días en enterrarlos porque no soportaba pensar que no volvería a verlos nunca y, después, salí huyendo sin saber a dónde iba. —Volvió a mirar a Egil—. Ni siquiera recuerdo cómo conseguí llegar a Molde. Yo solo quería tener una vida tranquila, en paz, manteniendo a mi familia con mi trabajo. Estaba tan orgulloso de ser pescador... como lo había sido mi padre y, antes de él, su padre. —Su boca tembló y por un momento, pareció que no podría seguir hablando, pero lo hizo —Ese día no mataron solo a mi familia, también me destruyeron a mí porque lo que he hecho desde entonces no ha sido vivir.

—Mirando fijamente a Egil, le dijo—: Lo siento, pero yo ya no podré tener otra familia jamás, sería demasiado doloroso para mí y una traición para ellos. Solo puedo ofrecerte mi amistad, si la quieres —añadió con los ojos arrasados por el dolor. Isolda apretó la mano de Knut con la mirada fija en Egil que contestó con voz emocionada:

—Lo siento mucho, Jensen. Como ha dicho Knut, no quería molestarte.

—No tienes que disculparte por nada. No me has molestado —contestó él. A continuación, se levantó y añadió, mirando a Isolda:

—Gracias por la invitación. —Se marchó sin volver a mirar a Egil e Isolda pensó frenéticamente en qué podía decirle para que se sintiera mejor, pero Knut se le adelantó.

—Lo que le pasó fue tan duro que nunca se recuperará del todo, pero eso no quiere decir que no te aprecie. —Egil asintió como si lo hubiera entendido, aunque seguía triste —¿Te gustaría venir a pescar? Me vendrá muy bien que alguien me ayude, necesitamos muchos peces para la cena de mañana.

—No sé pescar.

—Si quieres, yo puedo enseñarte —contestó Knut enseguida.

—¿Tú también vienes? —preguntó el muchacho a Isolda.

—Yrene vendrá en un rato a bañarse, pero luego me acercaré. A mí también me gustaría aprender.

—Egil asintió e Isolda cogió su té y bebió un sorbo, sin advertir que se había quedado helado. Estaba demasiado distraída pensando en lo sorprendente que era que, tanto Egil como Knut, aunque cada uno de una forma muy diferente, se hubieran vuelto tan importantes para ella en tan poco tiempo.

Cuando Yrene llegó a la cocina, Isolda estaba echando agua caliente en la bañera de metal que utilizaban las tres mujeres que viajaban en el barco para bañarse. Desde el comienzo del viaje se había convenido que ellas se asearían en esa bañera, en la cocina, y que los hombres lo harían en cubierta.

—Hola —saludó Yrene al entrar. Mientras que Isolda contestaba a su saludo, cerró la puerta y se acercó a ella—. Siento las molestias —añadió y cogió uno de los cubos para ayudarla a llenar la bañera.

—Ya te dije antes de ayer que no me molesta, es parte de mi trabajo. En el castillo también tenía que calentar el agua para los baños de las mujeres —afirmó Isolda, volcando otro cubo en la bañera, aunque esta vez de agua fría. Metió dos dedos en el agua y le preguntó. —¿Está bien así? —Yrene probó el agua con la mano derecha.

—Sí.

—Bien, pues ahí lo tienes todo. —Señaló el taburete que había junto a la bañera, en el que había dejado un trozo de jabón y una toalla. — Y, si no necesitas nada más, me voy. —Yrene la sujetó por el brazo suavemente.

—Antes de que te vayas..., quería decirte que si necesitas hablar con alguien... —Isolda asintió sabiendo que se refería al ataque de Jharder. Ella y Adalïe habían estado con ella en su camarote, consolándola y, a pesar de que les había asegurado que estaba mejor, seguían muy preocupadas.

—Te lo agradezco, pero estoy mejor. Adalïe también me ha preguntado qué tal estaba, las dos sois muy amables.

—Esa mujer es un ángel —murmuró Yrene—. Al contrario que su hijo— añadió, entornando los ojos con expresión de enfado, sorprendiendo a Isolda que tenía muy buena opinión de Einar. La miró fijamente y su curiosidad aumentó al ver que enrojecía.

—Einar siempre ha sido amable conmigo —replicó ella en voz baja.

—Estoy segura —concedió Yrene—, pero conmigo es…— sacudió la cabeza mordiéndose la lengua, esforzándose por sonreír, puesto que Isolda no tenía ninguna culpa de cómo era su jefe—Dejémoslo, no merece la pena que gastemos nuestro tiempo hablando de él, aunque te concedo que puede ser amable cuando quiere.

—Pero no contigo —apuntó Isolda, mirándola fijamente.

—No, pero no importa —añadió. Como no tenía ganas de seguir hablando sobre él, comenzó a desvestirse—. Será mejor que me dé prisa, no quiero bañarme con agua fría.

—Ya me voy.

—No quiero echarte de la cocina. Si quieres quedarte, a mí no me importa —respondió Yrene, que le había dicho lo mismo dos días antes, cuando se bañó por primera vez en la cocina.

—No puedo, he quedado con Knut y con Egil en cubierta. Knut va a enseñarnos a pescar.

—Estupendo —contestó Yrene con voz distraída mientras seguía desvistiéndose.

Tarareando en voz baja, Isolda salió de la cocina y se dirigió hacia las escaleras sin reparar en que un hombre la esperaba oculto en un rincón del pasillo.

La obsesión de Jharder por Isolda había crecido a pasos agigantados desde que se había enterado de que era una mujer; desde entonces su mente enferma justificaba el odio que sentía por ella diciéndose que se lo merecía porque era una mentirosa; y el dolor que tenía en la espalda por los latigazos que le habían dado por su culpa, hacía que la odiara todavía más.

Desde que el capitán lo había castigado dedicaba cada minuto libre que tenía, siempre que podía escapar de su vigilancia, a acecharla. Así fue como se dio cuenta de que ella y Knut habían pasado la noche juntos. Le habría encantado entrar en el camarote y acabar con la vida de ese bastardo, pero sabía que si lo enfrentaba directamente no tenía nada que hacer porque había demostrado ser mucho más fuerte que él; de modo que había buscado la manera de encontrarse con ella a solas, de nuevo, para vengarse de los dos.

Después de vigilar atentamente sus movimientos, advirtió que el mejor momento era cuando se bañaban las mujeres y por eso llevaba un rato escondido en un recodo que había al final del pasillo cerca de la puerta de la cocina esperando a que ella saliera, como sabía que haría, para dejar a la otra mujer a solas en la bañera.

Cuando lo hizo, la sujetó con una mano y, antes de que pudiera gritar, le dio un fuerte puñetazo en el costado que hizo que se doblara en dos con un gemido de dolor. Después le tapó la mano con la boca y, agarrándola por la cintura, la arrastró por el pasillo en dirección a los camarotes. Ella trataba de luchar a cada paso que daban, pero el dolor del golpe le había hecho perder las fuerzas y que casi no pudiera respirar. Jharder soltó una maldición en voz baja porque ella iba demasiado lenta y la levantó de la cintura, recorriendo así el resto del camino, hasta llegar al último camarote donde estaba la jaula.

Era el único compartimento que estaba alejado de los demás, lo que los Falk habían hecho a propósito por si tenían que aislar a algún berserker que tuviera un ataque. Por eso y porque nadie iba nunca por allí, Jharder estaba convencido de que era el lugar perfecto para lo que quería hacerle a Isolda. Intentando no hacer ruido, entró en el camarote y después en la jaula, cuya puerta ya sabía que estaba abierta y dejó caer a Isolda, que seguía atontada por el golpe, sobre el camastro que había dentro. Se acuclilló sobre su pequeño cuerpo, salivando al pensar en el placer que iba a extraer de él, pero ella seguía con los ojos cerrados, como si se hubiera desmayado. Jharder se levantó para cerrar la puerta del camarote y luego volvió junto a ella y se sentó en la cama, a su lado, y susurró inclinándose sobre su rostro:

—Ahora verás lo que es bueno, puta. Cuando acabe contigo, *ese* no querrá saber nada de ti. —Dejó de hablar porque tenía la garganta seca. Con el fin de conseguir el valor necesario para lo que iba a hacer, se había bebido la última botella de hidromiel que guardaba bajo su camastro y ahora necesitaba otro trago.

A Isolda el golpe no la había dejado atontada, solo lo aparentaba. Había aprovechado que Jharder se había levantado a cerrar la puerta, para sacar el cuchillo de su bolsillo y ocultarlo debajo de sus faldas. Knut le había dicho que, si quería tener una oportunidad luchando contra un hombre, su ataque debía ser una sorpresa.

Al sentir que Jharder se levantaba de la

cama otra vez, entreabrió ligeramente los ojos y vio que estaba desanudándose el cinturón de los pantalones, pero ella permaneció inmóvil, esperando que no escuchara el sonido de su corazón que le parecía que sonaba como un tambor. Volvió a cerrar los ojos, respiró lenta y profundamente y, cuando sintió de nuevo el peso de Jharder sobre ella, los abrió. Él sonrió como si le agradara que volviera a estar consciente para que fuera testigo de lo que le iba a hacer y, a continuación, comenzó a sobar sus pechos sobre el vestido. Isolda no lo pensó. Cogió el cuchillo con la mano derecha, estiró el brazo como le había enseñado Knut y lo hundió en Jharder con todas sus fuerzas. Su intención había sido clavárselo en el vientre, pero él se movió en el último momento y terminó hundido en su pecho; ella imaginó que había tropezado con una costilla porque al clavárselo había notado que la hoja chocaba con algo duro. Como no había soltado el mango, tiró de él y lo sacó del pecho de Jharder y empezó a salir sangre a borbotones. Él gritó y se llevó la mano a la herida, tratando de contener la sangre e Isolda levantó el cuchillo, amenazándolo con apuñalarlo de nuevo. Asustado, Jharder se apartó de ella de forma atropellada y cayó al suelo, momento que ella aprovechó para huir. Abrió la puerta del camarote, salió al pasillo y comenzó a correr hacia las escaleras llamando a Knut, pero casi no le salía la voz. Aterrorizada, miró hacia atrás, por si Jharder la seguía, pero estaba sola. Subió las escaleras llorando desconsoladamente y tropezando porque no podía ver bien a causa de las lágrimas, y sin dejar de llamar a Knut, aunque su nombre salía de su boca como un quejido ronco.

Cuando llegó arriba, se encontró de bruces con Ulrik y Adalïe que estaban a punto de bajar, y ella estuvo a punto de caerse escaleras abajo porque temblaba tanto que casi no podía tenerse en pie, pero Ulrik la sujetó a tiempo sosteniéndola amablemente por los brazos.

—¿Qué te ha pasado, muchacha? —le preguntó él, con los ojos entornados. Ella sacudió la cabeza, tapándose el rostro con las manos, incapaz de hablar, y fue entonces cuando se dio cuenta de que seguía llevando el cuchillo ensangrentado en la mano derecha. Entonces, Knut apareció a su lado, ella se echó en sus brazos y él la sostuvo tiernamente. Tranquilamente, le quitó el cuchillo para que no se hiciera daño y lo guardó en su cinturón, luego, mirándola de arriba abajo, le preguntó:

—¿Estás herida?

—No —tartamudeó ella. Sus ojos se desviaron hacia Egil que estaba detrás de Knut y que la observaba horrorizado. Intentó sonreírle para que viera que estaba bien, pero no debió de ser muy convincente a juzgar por su expresión.

—Estás llena de sangre... —insistió Knut preocupado, examinando su cuerpo para asegurarse de que no estaba herida. A pesar de que ella siguió diciéndole, entre sollozos, que estaba bien, él siguió buscando una herida que explicara la sangre que llevaba encima hasta que Isolda rodeó su cara con las manos, obligándole a que la mirara a la cara. Y cuando lo hizo, se conmovió al ver que sus ojos de nuevo eran azules, pero que en esta ocasión no estaban llenos de furia o de pasión, sino de miedo.

—No es mía —afirmó, con voz ronca. —Es de Jharder, le he clavado el cuchillo como me enseñaste. Está abajo, en la jaula, si no se ha movido de allí—confesó. Estaban tan pendientes el uno del otro que no se habían dado cuenta de que habían sido rodeados por Ulrik, Adalïe, Einar, Yrene y, por supuesto, Egil, y de que todos escuchaban su conversación con la misma cara de preocupación. Las pupilas de Knut se dilataron al escucharla y sus labios se estiraron mostrando sus dientes en una expresión cruel y amenazadora, pero sus manos siguieron siendo igual de suaves al abrazarla.

—Lo mataré —juró, haciéndola temblar—. Jamás volverá a tocarte. —Levantó el rostro y le preguntó a Adalïe que estaba a su lado, junto a Ulrik—: ¿Puedes quedarte con ella?

—¡No, quédate conmigo por favor! ¡No te vayas! —suplicó Isolda, aterrorizada al pensar que iba a dejarla sola.

—Volveré enseguida... —empezó a prometer Knut, pero ella apretó los brazos alrededor de su cuello con tanta fuerza que él temió que, si la obligaba a apartarse de él, le haría daño.

—Dijiste que yo era lo más importante para ti— le recordó ella, desesperada, sin dejar de llorar.

—Y lo eres —contestó y sus palabras sonaron como un juramento.

—Entonces, no te vayas. Te necesito. —Irguió la cabeza al hablar y cuando él vio sus ojos, devastados por el miedo, renunció a abandonarla. Un poco más tranquila porque se quedaría a su lado, Isolda volvió a abrazarlo. Knut compartió una intensa mirada con Einar que asintió, entendiendo lo que le pedía, y dijo en voz alta:

—Yo me ocuparé de Jharder. De momento, voy a encerrarlo en la jaula.

Knut no contestó, pero su instinto le decía que el que tenía que ocuparse de Jharder era él mismo, para asegurarse de que no podía volver a atacar a su mujer ni a ninguna otra, nunca más. Pero Isolda era lo más importante y si lo necesitaba a su lado, se quedaría con ella. A continuación, la cogió en brazos y la llevó a la popa del barco, donde estaban los cofres que todos utilizaban como asientos y se sentó en uno de ellos, con ella sobre su regazo. Pegado a él, se acomodó Egil y en un cofre que había enfrente lo hicieron Adalïe e Yrene, que enseguida comenzaron a hablar entre ellas de cosas sin importancia con la intención de distraer a Isolda, que las escuchaba con la cabeza apoyada en el hombro de Knut. Él, mientras, observaba cómo Einar y Ulrik bajaban a la bodega en busca de Jharder, deseando poder ser él quien lo hiciera. Unos diez minutos después, volvieron a subir y se acercaron a ellos. Ulrik se sentó junto a su mujer, pero Einar se quedó de pie junto a Knut e Isolda.

—Lo hemos metido en la jaula y no saldrá de allí en todo el viaje. Cuando volvamos a Molde decidiremos qué hacer con él, pero os aseguro que en nuestra tierra no permitimos que los hombres maltraten a las mujeres. Teníamos que haberlo encerrado antes, lo siento mucho Isolda. —Ella no contestó porque en ese momento Ulrik explotó:

—¡Ese hijo de puta! —gritó, furioso. Su mujer lo miró arqueando una ceja y su voz fue mucho más suave al continuar hablando—: Te juro que pagará muy caro lo que te ha hecho, yo me encargaré de ello.

Isolda asintió lentamente, aceptando su palabra, aunque no volvería a estar tranquila hasta que Knut y ella abandonaran el barco al llegar a la isla.

ONCE

Día del cumpleaños de Adalïe Falk
Embarcación Real

Finn se despertó abruptamente y buscó a Adalïe para asegurarse de que estaba bien. No se sorprendió al ver que no estaba en la cama, sino sentada en el suelo con las piernas encogidas y rodeadas por sus brazos, y la cara escondida en sus rodillas. Al escucharlo moverse, levantó el rostro y se mordió el labio inferior.

—Siento haberte despertado. Estoy bien —anticipó antes de que la preguntara. Finn se bajó de la cama y se sentó a su lado. La abrazó por los hombros y Adalïe se apoyó en él con un suspiro.

—Estoy muy preocupado por ti —le confesó, antes de darle un beso en la sien.

—Lo sé —replicó ella—. Es que las pesadillas

cada vez son peores.

—Ya vamos de camino, no podemos hacer más, cariño. Me gustaría que dejaras de preocuparte. —Ella afirmó con la cabeza y él acarició su brazo sensualmente con el dedo índice. Adalïe lo miró sonriendo.

—¿En serio?

—Lo único que quiero es ayudarte a dormir.

—Ella sacudió la cabeza como si él no tuviera remedio, pero sus ojos plateados brillaron alegremente. Finn se puso en pie ágilmente y le ofreció su mano derecha para ayudarla a levantarse y luego la cogió en brazos y le dijo algo a lo que había estado dándole vueltas antes de dormirse.

—He pensado que puede que sea mejor que no vayamos al cumpleaños de tu tía. —Ella frunció el ceño, preocupada.

—¿Por qué?

—No lo sé. Pero hay algo que me dice que no deberíamos ir. Además, toda mi familia se queda aquí... no me gusta que nos separemos de ellos.

—No tienes por qué venir si no quieres —contestó ella acariciando su rostro—, pero yo voy a ir. Es el primer cumpleaños de mi tía al que puedo asistir, así que no pienso perdérmelo. —Él replicó, ofendido:

—Si crees que voy a dejar que vayas sola, estás

loca.

—Pues entonces dejemos de hablar sobre ello y haz lo que tengas que hacer para que me duerma; y si puede ser, esta vez no quiero tener pesadillas —ordenó, bromeando.

—Eso está hecho —contestó Finn antes de dejarla caer de golpe sobre la cama; después, se lanzó sobre ella haciéndola reír, aunque lo hizo en voz baja. No olvidaba que el resto del barco estaba durmiendo.

—No me puedo creer que les hayas dejado las niñas a tus padres —murmuró Ydril a Leif, que estaba tirado en la cama de su camarote, tumbado de costado, observándola con todo el amor que sentía por ella brillando en sus ojos.

—Lo sé. Soy un genio, ¿verdad? —Ella intentaba ponerse seria con él, mientras terminaba de trenzarse el pelo, pero no pudo evitar sonreír cuando le guiñó un ojo. Después, tuvo el atrevimiento de dar una palmadita en la cama, invitándola a tumbarse a su lado.

—¿Cómo es posible que me haya casado contigo? —preguntó riendo y acercándose a la cama. Él subió y bajó las cejas varias veces como única contestación. —Eres un bufón —le dijo, señalándolo con el índice. Entonces él la sorprendió irguiéndose de repente y agarrándola por la cintura para hacerla caer en la cama, junto a él. Después, acarició su trenza y se sinceró:

—Casi no hemos estado a solas desde que nacieron nuestras hijas.

—Lo sé muy bien, creeme —afirmó ella, con intención.

—Entonces, ¿por qué cada vez que encuentro el modo de que estemos un rato a solas, tratas de escaparte?

—No lo sé —confesó, apoyando las manos, una encima de otra, sobre el pecho de él y apoyando la barbilla sobre ellas, para poder mirarlo a los ojos cómodamente—. Pero me siento un poco mal cuando obligamos a tus padres a que las cuiden.

—Ellos están encantados con quedárselas un par de horas. Mi madre insiste continuamente en que se las dejemos. ¿Qué mal hay en ello?

—Ninguno —admitió.

—Siendo así, dame un beso como premio por lo listo que he sido y aprovechemos el tiempo —afirmó.

Ydril, riendo de nuevo por su descaro, obedeció.

Quizás porque necesitaba distraerse y también porque quería Knut dejara de pensar en lo ocurrido, insistió en que la enseñara a pescar, tal y como habían planeado. Él discutió un poco, creyendo que era mejor llevarla a su camarote a descansar, pero finalmente hizo lo que le pedía y comenzó a enseñarles, a ella y a Egil, el noble arte de la pesca. Como a Isolda le temblaban demasiado las manos para sostener la vara de la que colgaba el cordel en cuya punta Knut había atado un pequeño gancho con el cebo, lo que hizo fue sentarse y observar cómo le enseñaba a Egil; y en los momentos en los que el muchacho estaba distraído, ella le fue susurrando a Knut los detalles de lo ocurrido.

Con el paso del tiempo empezaron a dolerle algunos lugares del cuerpo en los que no recordaba que Jharder le hubiera golpeado, por lo que supuso que se había llevado más porrazos de los que recordaba. A pesar de ello se negaba a ir a la cama a descansar cuando donde más segura se sentía era en cubierta, junto a Knut.

Después de dos horas entre Knut y Egil habían cogido peces suficientes para llenar dos cestas grandes, y ella les aseguró que tenían de sobra para la cena de esa noche. Cada uno cogió una cesta y cruzaron la cubierta con Isolda caminando detrás de ellos, y entonces se dio cuenta de que los marineros apartaban la mirada a su paso y creyó lo que le había dicho Egil, que estaban avergonzados por la conducta de Jharder. El único que la saludó al pasar fue Jensen que estaba manejando el timón y en su rostro ella notó un gesto de enfado o puede que fuera de preocupación.

Knut enseñó a Egil a limpiar el pescado y entre los dos se encargaron de esa ingrata tarea; después, ella los fue lavando y frotándolos con un preparado de hierbas que daría un sabor especial al guiso. Cuando terminaron, Isolda exclamó:

—Necesito un baño. —Le parecía que todo su cuerpo olía a pescado.

—Nosotros también —replicó Egil, haciendo una mueca. Knut dijo al muchacho:

—¿Por qué no subes a lavarte a cubierta? Yo terminaré de ayudar a Isolda. —Egil abrió la boca para decirle que ya no podía ayudarla en nada porque la cocina estaba limpia y recogida, pero vio cómo se miraba la pareja y se marchó con una sonrisilla divertida. Knut lo siguió hasta que salió de la cocina y cerró la puerta detrás de él, asegurándola con una silla para que no pudiera abrirse desde fuera. Isolda lo miraba en silencio.

—¿Hay suficiente agua en esa olla para llenar la bañera? —preguntó él, señalando la que estaba sobre el fuego.

—Sí —contestó. Cuando se vaciaba, la volvía a llenar para tener siempre agua caliente.

Knut se dirigió al rincón de la habitación donde se guardaba la bañera y la llevó frente al fuego. Después, comenzó a llenarla, pero al ver que Isolda se había quedado inmóvil, se detuvo con el cubo vacío en la mano y le ordenó con voz suave:

—Desnúdate. Voy a bañarte y luego te llevaré a la cama.

—No puedo acostarme. Esta noche es la cena de cumpleaños de Adalïe y tengo mucho que hacer. Además, dentro de un par de horas hay que servir la comida, aunque al menos ya está preparada, solo tengo que calentarla —replicó, a pesar de que no se le ocurría nada más apetecible en ese momento que tomar un baño y después irse a la cama.

—Hasta la hora de la comida te da tiempo a descansar un poco. Y después, si quieres, te ayudaré.

—¿A hacer la cena? —preguntó sorprendida, aunque él ya le había demostrado que haría lo que fuera por ella. Knut asintió, probando el agua sin mirarla.

—En todo lo que pueda. No pienso perderte de vista, aunque ese cerdo esté en la jaula —masculló, intentando no demostrar la furia que lo reconcomía por no haber podido acabar con Jharder. Viendo que seguía sin moverse, insistió:

—¿No te desvistes? —Ella comenzó a desatar los lazos de su vestido con la mirada agachada, pero sintió las manos de él bajo su barbilla para que levantara el rostro.

—¿Todavía te da vergüenza desnudarte delante de mí? —Isolda asintió, desviando la mirada y Knut acarició su pómulo con el pulgar con una tierna sonrisa. —Mírame, Isolda. —Como ella no lo hizo, añadió—: Por favor. —Cuando sus miradas se encontraron, ella suspiró al ver la adoración que había en la de él y se preguntó qué había hecho para merecerla. Él sonrió de repente, como si hubiera adivinado lo que estaba pensando y en cierto modo así debió de ser, a juzgar por lo que susurró a continuación—: Cariño, anoche intenté decirte lo que significas para mí, aunque las palabras no son lo mío. Pero si necesitas que sea más claro, lo seré. — Y continuó, mirándola a los ojos—: Eres mi *andsfrende*, mi amor, mi salvación. Mi todo. Y lo más importante para mí es y será, cuidar de ti y hacerte feliz. — Sus palabras la conmovieron. Por primera vez sabía lo que era pertenecer a alguien y que ese alguien te perteneciera a ti; esa sensación le dio la seguridad necesaria para ponerse de puntillas y darle un rápido beso en los labios. Un relámpago azul brilló en los ojos de Knut cuando ella, además, confesó:

—Yo también te quiero y solo deseo hacerte feliz.

—Entonces, desnúdate, métete en la bañera y deja que te mime. Ahora mismo eso es lo que me haría feliz. —Ella terminó de quitarse el vestido, ayudada por él, y se metió en el agua caliente con un siseo de placer. Knut se arrodilló junto a la bañera y sacó un jabón de su bolsillo y cogió el paño que Isolda utilizaba para bañarse, lo humedeció y lo frotó con el jabón hasta hacer espuma. Después, cogió la mano de ella y comenzó a lavarla meticulosamente. Ella olisqueó el aroma que se desprendía del jabón y dijo, extrañada:

—¿De dónde has sacado ese jabón? Huele como el que utiliza Adalïe...

—Me lo ha dado ella cuando he subido a cubierta con Egil. Me ha dicho que el olor a lavanda te ayudaría a relajarte. —Isolda inspiró profundamente y se recostó en la bañera disfrutando del momento. Knut siguió lavando su cuerpo pacientemente y cuando le lavó el pelo, le pidió que se pusiera de pie para aclararla con una jarra de agua. Cuando desapareció toda la espuma de su cuerpo, la ayudó a salir del agua, la envolvió en la toalla e hizo que se sentara en el taburete que Isolda siempre dejaba junto a la bañera. Entonces, se desnudó él y ella pudo ver, por primera vez, bien su poderoso cuerpo, iluminado por la luz que entraba gracias al pequeño ventanuco que había en la cocina. Con los ojos agrandados observó que su pene estaba erecto, pero no se asustó. El agua caliente había conseguido relajarla y ahora solo deseaba irse a la cama para que él la abrazara y calmara sus miedos.

Knut se bañó y se secó con rapidez. Después, los dos se vistieron y fueron al camarote de Isolda. Una vez dentro, a la luz de una vela, se desnudaron de nuevo y se acostaron de costado. Él se pegó a su espalda, la abrazó por la cintura y apoyó la barbilla en su hombro, olvidándose de su excitación para que ella pudiera descansar. Pero Isolda no pensaba lo mismo y comenzó a acariciar suavemente el brazo con el que él rodeaba su cintura. Knut se estremeció y se preguntó si ella sería consciente del poder que tenía sobre él.

—Deberías dormir.

—No puedo, estoy demasiado nerviosa. Creía que el baño me había relajado, pero ahora se me ha quitado el sueño.

—Inténtalo —insistió Knut. Ella se giró en sus brazos para ponerse de frente a él, lo que lo hizo suspirar porque sabía que no podía luchar contra ella—. Me lo estás poniendo muy difícil —murmuró, antes de besarla en los labios suavemente—. Cariño, tienes que descansar.

—Después. Ahora quiero estar contigo, te necesito.

—Isolda, esta noche será dura, vas a tener mucho trabajo. Te vendría muy bien dormir un rato —la regañó suavemente, pero ella le acarició el pecho lentamente, formando círculos y se sinceró:

—No quiero dormir por si ... —se mordió con fuerza el labio inferior, negándose a terminar la frase—. Ayúdame, haz que tus caricias borren las huellas que él ha dejado en mi piel. Por favor —suplicó.

—Amor mío —contestó Knut, vencido, peinando los húmedos mechones de su pelo hacia atrás—. Haré lo que tú quieras, lo único que quiero es que te sientas mejor.

—Entonces haz que me olvide de él —insistió ella. Su voz era tan baja que Knut tuvo que inclinarse para poder entender lo que decía y contestó con voz tranquila:

—Ni siquiera te imaginas cuánto me gustaría —contestó él, resistiéndose como podía. Ella levantó la mirada y a él se le encogió el corazón al ver las dos lágrimas que temblaban en sus ojos. —¡Amor mío! —exclamó, besándola en la boca.

—Knut —susurró ella, después de interrumpir el beso—, quiero que me digas si hay algo… —él arqueó una ceja animándola a continuar, mientras jugaba con un mechón de su cabello. — quiero decir, que no sé cómo complacerte, pero quiero aprender. Enséñame lo que te gusta—pidió. Estaba muerta de vergüenza, pero también decidida a no permitir que su timidez le impidiera darle todo lo que necesitara.

—Cariño, no tienes que hacer nada. Solo déjame demostrarte lo que siento por ti. — Sus caricias lentas, recorriendo su espalda, la calmaban. Isolda cerró los ojos y recibió un beso en cada uno de sus párpados. Knut le susurró —: Túmbate bocarriba. —Obedeció sin dudarlo y él posó la mano sobre su vientre y la dejó allí un momento, transmitiéndole su calor. Luego, comenzó a moverla en círculos. Ella abrió los ojos para mirarlo y le dijo, con la voz ronca:

—¿Te acuerdas de la primera vez que nos vimos? ¿Cuándo me escuchaste cantar?

—Jamás olvidaré ese momento mientras viva. En cuanto te escuché, supe que había encontrado a mi *andsfrende*.

—¿Antes de verme? —preguntó ella, sorprendida.

—Sí —afirmó él con seguridad —¿Por qué lo preguntas?

—Porque, en cuanto te conocí, supe que serías importante para mí —confesó ella y se retorció un poco, aunque esta vez no se apartó, cuando la mano de él se ahuecó sobre su pubis.

—Yo estaba condenado hasta que te encontré —admitió él. Movió su mano de nuevo, en esta ocasión hacia arriba, para acariciar uno de sus pechos hasta que el pezón se irguió contra su palma—. Me maravilla ver cómo tu cuerpo me responde, igual que el mío te responde a ti— confesó, admirado.

—¿No ocurre esto siempre que un hombre y una mujer se acuestan juntos? —preguntó Isolda, mientras sus dedos exploraban los duros músculos que abultaban la espalda masculina, sin advertir que su caricia inocente alteraba la respiración de Knut.

—No he tenido demasiadas mujeres, pero sí suficientes para saber que esto no es normal —murmuró él, mientras mimaba el otro pecho de ella.

—Entonces, ¿cómo...? —Olvidando lo que iba a preguntar, de la garganta de Isolda salió un gemido ahogado cuando él comenzó a chupar uno de sus pezones; la suave succión la excitó tanto que abrió las piernas de forma inconsciente y Knut no perdió la oportunidad de introducir un muslo en el hueco que ella había dejado.

Mientras sus manos y su boca se paseaban por el cuerpo femenino, ella acariciaba su cabeza disfrutando del modo en que su abundante pelo se deslizaba entre sus dedos. Knut besó la cara interna de sus muslos, sus tobillos, incluso las depresiones que se formaban entre sus costillas, hasta que no le quedó ni un centímetro de piel por explorar; e Isolda se estremeció con cada beso y cada caricia, fascinada por la dulzura que él derrochaba con ella y sintiéndose como si en el mundo solo existieran ellos dos. Después, se besaron y sus lenguas danzaron juntas, acariciándose la una a la otra.

El vello del pecho de Knut rozaba los senos de Isolda provocando que sus pezones se irguieran, más sensibles que nunca, y cuando sintió la mano de él presionando para que separara aún más sus muslos, jadeó, sabiendo lo que eso significaba. Cuando obedeció, Knut deslizó los dedos por los suaves rizos de su pubis, explorando los tiernos pliegues, húmedos e hinchados, mientras la besaba en la boca, hasta encontrar el sedoso botón que comenzó a acariciar con suavidad. Isolda gimió en su boca pensando que su cuerpo entero se derretiría por el calor que corría por sus venas. El rubor tiñó toda su piel de un profundo color rosado cuando él introdujo un dedo en su húmeda entrada. Notaba el corazón palpitándole con tanta fuerza que casi le dolía y todos los músculos de su cuerpo estaban tirantes. Knut levantó el rostro y los dos se miraron. Isolda lo observaba con los ojos entrecerrados, excitada, y él tenía el cabello alborotado y la mirada brillante por la pasión, aunque en el fondo de sus ojos ella vio una chispa de preocupación que le hizo susurrar:

—Estoy bien. De verdad. — Él asintió lentamente después de observarla fijamente durante unos segundos, como si quisiera asegurarse de su sinceridad.

—Entonces, permíteme que te dé placer —musitó. Apartó algunos cabellos que ella tenía sobre el rostro y luego se movió para arrodillarse entre sus muslos e, inclinándose sobre ella, separó sus labios vaginales y comenzó a lamerla de arriba abajo. Isolda sintió un placer tan intenso que dio un respingo, pero él la aferró por las caderas y prosiguió con su implacable exploración, pasando la lengua por cada pliegue y recoveco que estaba al alcance de su lengua.

Para ella, ver su cabeza entre sus muslos, fue otro asalto a sus sentidos y, en muy poco tiempo, tuvo la sensación de que comenzaba a flotar, ajena a todo, salvo a aquel exquisito goce. Knut concentró sus caricias en el botón que coronaba su sexo y lo lamió cada vez más deprisa, hasta que Isolda no pudo aguantar más y sus caderas se alzaron involuntariamente, inundada por un orgasmo abrasador.

Él se irguió, lamiéndose los labios con placer, y se tumbó sobre el delicado cuerpo femenino, acomodándose entre sus muslos. Introdujo la cabeza de su miembro en ella y bajó la mirada hacia su rostro. Isolda sonrió, somnolienta.

—Para no haber tenido demasiadas mujeres, creo que esto se te da muy bien —confesó, provocando que él soltara una suave carcajada.

Totalmente embelesado, Knut le acarició la frente con el pulgar justo donde la piel tersa daba lugar al nacimiento del cabello y comenzó a mover sus caderas lentamente para penetrarla, a la vez que le susurraba cuánto la necesitaba. Ella se obligó a relajar su cuerpo ya que todavía no estaba acostumbrada a tenerlo dentro.

—Cariño... —Knut profundizó en ella despacio, persuadiéndola con delicadeza para que lo aceptara—. ¿Estás dolorida? —Sabía que el dolor de la primera vez a veces tardaba días en desaparecer. Ella puso sus manos sobre sus hombros y dijo.

—No. Estoy bien.

Knut siguió entrando y saliendo de ella como si no tuviera ninguna prisa, a pesar de que su todo su cuerpo era una masa de músculos contraídos por la necesidad de poseerla.

—¿Seguro que estás bien? —murmuró con voz

ronca, observándola atentamente, para asegurarse de que era cierto.

—Sí.

No era la primera vez que Isolda advertía la paciencia que derrochaba con ella y que la ponía por encima de todo. La inundó un profundo sentimiento hacia él que hizo que lo besara a la vez que deslizaba las manos por su espalda, hasta encontrar el contorno de sus nalgas que empujó tímidamente hacia ella, para animarlo a introducirse más profundamente en su cuerpo. Y su gesto funcionó porque Knut comenzó a moverse con más fuerza y más rápido, y siguió así durante unos minutos hasta que Isolda sintió que volvía a flotar. Abrió la boca para lanzar un grito cuando alcanzó de nuevo la culminación, pero se mordió el labio para no hacerlo. Entonces, Knut se dejó ir y apretó los dientes y enterró el rostro en el cuello de Isolda con los ojos cerrados, embriagado por el éxtasis y acunado por su olor. Pasó un largo rato antes de que se apartara de ella y se tumbara de costado, mirándola.

—Duerme un poco. Te avisaré con tiempo para prepararlo todo —Como ella seguía dudando, añadió: —No me moveré de aquí, te lo juro.

Isolda cerró los ojos y se durmió.

Knut cumplió su palabra y la despertó, por lo que Isolda sirvió la comida a tiempo y, además, el guiso de pescado estuvo preparado una hora antes de que llegaran los invitados. Y Egil tuvo la idea de que los tres subieran un rato a cubierta, a tomar el aire, mientras llegaba la hora de la cena. Allí se encontraron con Jensen que había terminado su guardia y que se acercó a ellos para preguntar a Isolda:

—¿Cómo estás? —Knut los escuchaba hablar, pero su mirada recorría la cubierta. No le había dicho nada a Isolda, pero no estaría tranquilo hasta que desembarcaran y no iba a perderla de vista hasta entonces. Desgraciadamente, esa noche tenía que asistir a la cena, aunque preferiría quedarse con ella.

—Bien, gracias —contestó Isolda a Jensen.

—Como ya ha terminado mi guardia, me he ofrecido a ayudar a servir la mesa a los invitados. —Isolda lo miró sorprendida, sin saber cómo reaccionar.

—No sé... —murmuró y miró a Egil, que también parecía extrañado. Al ver sus miradas de desconcierto, Jensen se explicó:

—Hace un rato he escuchado a Einar diciéndole a su padre que iba a ordenar a un soldado de confianza que ayudara a Egil a servir la mesa esta noche, para que tú pudieras descansar, y yo me he ofrecido a hacerlo. Así solo tendrás que encargarte de la comida. ¿No te parece bien? —preguntó, indeciso, al ver que ella no parecía muy convencida.

—Sí, claro. Gracias, Jensen. —El timonel hizo un gesto para quitarle importancia y contestó:

—Voy a bajar al camarote a descansar un poco. —Miró a Egil— ¿Quieres bajar conmigo? —El muchacho titubeó durante un momento, pero lo acompañó.

—¿Vamos a la popa? —preguntó Knut, cogiéndola de la mano. Ella aceptó con un murmullo después de lanzar una última mirada a la espalda de Egil.

Todos los marineros parecían haber tenido la misma idea que ellos y estaban desperdigados por la cubierta, tomando el fresco a la luz de las estrellas y de los candiles que parecían haber florecido sobre el suelo de madera. Algunos hombres estaban sentados en el suelo y otros apoyados en la borda, aprovechando que no tenían que remar, ya que la fuerza del viento era suficiente para que el barco navegara a buena velocidad. Isolda siguió a Knut, agarrada a su mano, hasta llegar al lugar donde se conocieron, detrás del palo mayor, donde estarían ocultos a la vista de los demás.

—Había olvidado lo difícil que es estar a solas en un barco — señaló él, divertido, llevándose el dorso de la mano de Isolda a la boca para besarla. —Solo por eso, estoy deseando que desembarquemos. —Ella sonrió sin contestar y, agarrándose a la borda con la mano libre, observó la inmensidad del océano, pero sintiendo la mirada de Knut, se giró para mirarlo.

La observaba como si ella fuera algo precioso e Isolda se acercó a él hasta que sus cuerpos se rozaron. Se le entrecortó el aliento al descubrir la adoración que latía en su mirada y, bajo la misteriosa luz de la luna y de las numerosas estrellas que tapizaban el cielo negro, le pareció estar frente a uno de los dioses vikingos de los que hablaban las leyendas.

—¿Es verdad que estás bien? —susurró—. Me preocupa que lo de esta noche sea demasiado. Creo que no voy a ir a la cena, me quedaré contigo en la cocina para ayudarte. —Al contrario de lo que esperaba, a ella no le gustó la idea.

—No —contestó, arrugando la frente—. Quiero que vayas. Tú mismo has dicho que Jharder está encerrado y, además, Egil y Jensen van a ayudarme. No voy a estar sola. —Él entrecerró los ojos y apretó los labios y ella puso la mano sobre su mejilla intentando que la entendiera. —Esta mañana, cuando he necesitado que no me dejaras, te lo he dicho, ¿no es cierto?

—Sí —contestó él con un suspiro.

—Pues entonces ya sabes que, si te necesitara conmigo en la cocina, te lo diría. Por favor, quiero que vayas a la cena de Adalïe y que te diviertas. Solo serán un par de horas.

Un golpe de viento hizo que el pelo de Isolda, que le había crecido un poco, le cubriera parte del rostro y Knut se lo colocó pacientemente detrás de la oreja.

—Haría lo que fuera por ti. Lo sabes, ¿no? —Ella asintió y Knut la abrazó y la besó en la mejilla. Ella se emocionó, pero parpadeó para que él no notara sus lágrimas, aunque fue inútil. —Cariño, por favor, no llores. Me rompes el corazón —suplicó. Isolda tragó varias veces hasta que el nudo de emoción que tenía en la garganta, se suavizó.

—Pues deberías estar contento porque la razón de mis lágrimas es que me estás haciendo muy feliz —replicó ella, mirándolo a los ojos.

Como respuesta, Knut la besó apasionadamente y sus besos se alargaron hasta que el capitán tocó la campana para que los marineros que no estaban de servicio despejaran la cubierta, porque iban a empezar a llegar los invitados a la cena. Isolda, después de darle un último beso en la mejilla salió corriendo en dirección a la cocina. Knut estaba viéndola marchar cuando sus ojos se toparon con la figura de Einar, que parecía muy enfadado y que estaba barriendo la cubierta con la mirada buscando a alguien, hasta que su mirada se quedó fija en él y comenzó a acercarse. Parecía tan alterado que Knut se preguntó qué habría pasado para que el habitualmente tranquilo Einar reaccionara así, pero no tuvo que esperar demasiado porque en cuanto llegó a su lado, le susurró:

—Jharder está muerto. —Atónito, le preguntó:

—¿Cómo que está muerto?

—Mi padre y yo nos lo hemos encontrado ahorcado del techo de la jaula. Lo hemos descolgado y hemos llevado su cuerpo al único camarote que quedaba libre. —Knut se lo quedó mirando ajeno a los marineros que les rodeaban, y que trataban de mantener el barco navegando en paralelo al barco real. Entonces escucharon el grito de Skoll, ordenando a dos de los marineros que subieran de la bodega el tablón de madera para que los invitados pudieran pasar desde su barco a este. Después, Knut contestó a Einar sinceramente:

—Imagino que no te sorprenderá que me alegre de que haya muerto.

—No, y precisamente por eso estoy hablando contigo. Porque en la celda Jharder no tenía nada con qué colgarse, ¿entiendes? Alguien ha cogido una cuerda de ahí —dijo, señalando el cofre donde se guardaban las cuerdas que hacían falta para que navegara el barco, antes de volver a mirarlo suspicazmente— y lo ha asesinado con ella.

—No debe de ser nada fácil colgar a alguien tan pesado como Jharder. Además, lucharía contra su asesino como un lobo rabioso, cualquiera lo haría, y él era muy fuerte. Lo sé por experiencia— replicó Knut, pensativo.

—A mí tampoco me ha molestado encontrarme a ese cerdo muerto, pero este es el peor momento para que ocurra algo así. Los invitados están a punto de llegar y... —resopló, frustrado— En cuanto a lo de que no sería nada fácil colgar a un tipo como él, estoy de acuerdo contigo, y por eso creo que le dieron algo para que no peleara— confesó.

—¿Lo drogaron? —preguntó Knut, boquiabierto —: Pero, ¿quién tenía la llave de la jaula?

—Estaba colgada de un clavo en el pasillo, junto a la puerta. —Knut lo miró con una ceja arqueada y Einar no pudo evitar justificarse—: La dejamos allí para tenerla a mano. Y cuando mi padre y yo metimos a Jharder ahí, no se nos ocurrió guardarla a buen recaudo. —Knut entrecerró los ojos al darse cuenta de lo que sospechaba Einar.

—¿Crees que he sido yo? —preguntó, incrédulo.

—Jharder no le caía bien a nadie, pero tú eres el que más motivos tenía para desearle la muerte.

—Puede que sí, pero yo no lo habría colgado. Y, desde luego, te aseguro que no lo habría drogado antes, al contrario, me hubiera asegurado de que sufriera lo máximo posible —contestó francamente. —. Y como no he sido yo... hay un asesino suelto en el barco.

—La verdad es que no creo que hayas sido tú —reconoció Einar con un suspiro frustrado—, así que tienes razón.

—Entonces, lo siento mucho, pero no voy a ir a la cena. Voy a bajar a la cocina para quedarme con Isolda.

—He puesto a mis dos mejores soldados en el pasillo. Uno vigilará la zona de los camarotes y el otro no se moverá de la puerta de la cocina con órdenes de que no entre nadie; solo unos cuantos están autorizados a hacerlo, entre los que estás tú. Además, Jensen va a estar con Isolda y Egil toda la noche; no sé si sabes que se ha ofrecido a ayudarlos.

—Sí, él mismo nos lo ha contado. —Einar asintió.

—Isolda estará segura, te doy mi palabra, pero

tenemos que descubrir lo antes posible quién ha ahorcado a Jharder. Aunque se lo mereciera, no puedo consentir que ningún hombre de mi tripulación se tome la justicia por su mano. Porque está claro que tiene que haber sido un hombre y con bastante fuerza, además, para poder levantar el pesado cuerpo de Jharder hasta el techo de la jaula estando drogado. Creo que podemos descartar a tres hombres, de momento: mi padre, tú y yo —añadió, haciendo una mueca mientras su mirada recorría al capitán, al timonel y a los marineros que estaban faenando en ese momento en cubierta.

—Descarta también a Egil. Además de que no tiene el carácter necesario para hacerlo, tampoco tiene suficiente fuerza.

—Estoy de acuerdo. Y pongo la mano en el fuego por Skoll, estoy seguro de que él tampoco ha sido. —Hizo un gesto lleno de frustración— Voy a necesitar que me ayudes.

—¿Qué quieres que haga?

—No lo sé, cuéntame cualquier cosa extraña que veas — explicó mientras ambos observaban las maniobras de los dos marineros que estaban asegurando los ganchos del tablón, por el que tenían que cruzar los invitados, a la borda. La mirada de Knut se desvió hacia un timonel, al que no conocía, y a quien Skoll le estaba dando indicaciones para que mantuviera la nave lo bastante cerca del barco real para que el tablón siguiera enganchado, pero sin que los barcos se rozaran.

—Tendré los ojos bien abiertos —aseguró Knut, volviendo a mirar a Einar.

—Gracias. Ahora, vamos a recibir a los invitados de mi madre.

Al acercarse al lugar de la borda donde estaba enganchado el tablón, Knut vio que Finn y Adalïe estaban frente a ellos, todavía en su barco junto al otro extremo del madero, esperando, y los saludó con la mano. Horik estaba cerca de ellos hablando con un marinero y comprobando con sus propias manos la seguridad del tablón, y detrás de ellos esperaban el príncipe y sus acompañantes. Horik fue el primero que se subió a la pasarela y caminó sobre ella con confianza hasta que llegó al lado de los Falk y saltó a cubierta ágilmente. Enseguida se dirigió a Einar con una gran sonrisa, como si no tuviera ninguna preocupación en el mundo.

—Bienvenido, Horik —saludó Einar y ambos se estrecharon las manos.

—Gracias por la invitación. —Einar le lanzó una última mirada, antes de que su atención se dirigiera hacia su prima Adalïe, que ya estaba andando por la plancha. Algo inquieto, se acercó a la borda, preparado para saltar si necesitaba ayuda, pero se tranquilizó al ver que justo detrás de ella subía Finn y que caminaba pegado a ella por la misma razón. Horik aprovechó la distracción de Einar para saludar a Knut.

—¿Cómo estás? —le preguntó.

—Bien. —Ambos se giraron para observar la serenidad con la que Adalïe recorría el tablón. Horik, divertido, susurró a Knut:

—Finn quería cruzar el primero, pero Adalïe le ha dicho que era mejor que lo hiciera ella porque era más ágil y rápida que él. —Knut se rio por lo bajo, sobre todo porque Adalïe tenía razón. Sonriendo, observó a su amigo siguiendo a su mujer, pendiente de ella por si tropezaba, aunque había más posibilidades de que lo hiciera él. Por supuesto, pocos segundos después, Adalïe saltaba a la cubierta del barco de los Falk con un movimiento elegante, aterrizando sin hacer ningún ruido, igual que lo habría hecho un gato. Muy contenta, se acercó a su primo y lo abrazó, preguntando:

—¿Dónde están tus padres?

—Abajo. Mi madre me ha preguntado tantas veces si habías llegado ya, que he subido antes de tiempo para no tener que seguir escuchándola —bromeó. La risa cristalina de Adalïe hizo sonreír a todos los que estaban cerca. Finn, que había llegado poco después que su mujer, no quiso separar a los primos y se acercó a saludar a Knut. Los dos se estrecharon los antebrazos como solían hacer siempre y Knut, le susurró:

—Tenemos que hablar. —Quería contarle rápidamente lo ocurrido para que tuviera cuidado, pero no pudo hacerlo porque Einar y Adalïe ya se habían separado y estaban esperando. Finn se volvió hacia Einar con una sonrisa, aunque Knut sabía por su mirada que lo había dejado un poco preocupado. Y Adalïe se acercó a él y le dio un beso en la mejilla.

—¡Hola Knut! ¡Qué alegría me da verte tan bien!

Los cuatro se giraron para ver cómo el príncipe, seguido por sus tres amigos, subía a la pasarela. Knut se apartó un poco del grupo esperando que Finn entendiera que necesitaba hablar con él, tal y como hizo. Cuando estuvo a su lado, le preguntó discretamente:

—¿Has tenido algún ataque?

—No, al contrario, estoy mejor que nunca. He encontrado a mi *andsfrende* —musitó, emocionado a pesar de todo lo ocurrido—. Se llama Isolda y es …— sacudió la cabeza porque tenía algo mucho más urgente que decirle—: pero ahora no tenemos tiempo para hablar sobre eso. Han asesinado a uno de los marineros de Einar y, aunque se lo merecía porque era un hijo de puta, nadie sabe quién ha sido.

—¿Por qué dices que se lo merecía? —preguntó Finn, sorprendido, porque Knut solía ser bastante pacífico.

—Ese cabrón trató de violar a Isolda dos veces; en la última ocasión llegó a golpearla, pero ella pudo escaparse porque lo apuñaló. Si me hubieran dejado, lo habría matado yo mismo, pero ... —sacudió la cabeza e intentó ir al grano—: Cuando la atacó por segunda vez, los Falk lo metieron en la jaula, pero alguien lo drogó y luego lo ahorcó del techo.

—¡Joder! —exclamó Finn, asombrado.

Fueron interrumpidos por unos aullidos y se volvieron a tiempo de observar al príncipe Haakon y a sus amigos corriendo por la plancha y gritando con toda la fuerza de sus pulmones, como si fueran a entrar en combate. Cuando saltaron cerca de ellos, lanzaron un último aullido de triunfo, igual que si fueran un grupo de niños. Detrás de ellos llegó Ahmad que lo hizo con su parsimonia acostumbrada, como si fuera lo más normal del mundo cruzar de un barco a otro en alta mar. Y cuando se dejó caer en la cubierta lo hizo con un movimiento refinado que pasó desapercibido entre la algarabía que seguían montando el príncipe y sus amigos. Finn aprovechó el jaleo para preguntar a Knut:

—¿Qué te ha dicho Einar sobre el asesinato?

—Solo lo que te he contado, pero ha sido un poco antes de que subierais al barco. Otra cosa, la llave de la celda estaba a la vista de todos por lo que podría haberla cogido cualquiera y creo que, al menos durante unos minutos, han pensado que podría haber sido yo.

—Imposible, tú lo hubieras matado en una pelea, pero jamás lo habrías envenenado —replicó Finn, convencido.

—Eso mismo le he dicho yo —respondió él.

Dos de los marineros de los Falk quitaron los ganchos que sujetaban el tablón a la borda y lo mismo hicieron los marineros del barco real y, a continuación, lo retiraron y Skoll dio orden al timonel de que se alejara del otro barco.

Knut no conocía demasiado al príncipe y a sus amigos, pero sabía que Axel era como un hermano para Haakon y hasta lo parecían puesto que ambos eran muy rubios, tenían el pelo casi blanco, los ojos azules y su estatura y complexión eran similares. Los otros dos, Bjorn y Daven eran morenos, el primero tenía los ojos de un color castaño claro y Daven, el más simpático de los cuatro, tenía un ojo azul y otro verde.

Después de los saludos bajaron al camarote de Adalïe y Ulrik envueltos en un ambiente festivo excepto Knut, que se retrasó a propósito para dirigirse discretamente a la cocina, en cuya puerta se encontró a uno de los marineros de los Falk, tal y como le había dicho Einar, que lo dejó pasar sin hacerle preguntas. Antes de sentarse a cenar con los demás, quería ir a ver a Isolda, contarle lo ocurrido y asegurarse de que estaba bien.

Ydril y Leif, llevando cada uno a una de sus pequeñas, y junto a Lisbet, Esben, Magnus, Gregers e Inge, observaron la algarabía que se había montado en la nave de los Falk con la llegada de los invitados, y no dejaron de contemplarlos hasta que desaparecieron por las escaleras y solo quedaron en cubierta los marineros y el capitán.

—Bueno, pues ya está. Ulrik Falk tenía razón y se podía cruzar. Deberíamos pensar en bajar a cenar —dijo Magnus, más por interrumpir el silencio, que porque tuviera hambre.

—Nosotros vamos a sentarnos un rato en los cofres para que las niñas se duerman. —Tanto Magna como Edohy seguían haciendo saber a sus padres, a base de gritos y lloros, que no les gustaba nada estar en su camarote y que preferían el aire fresco. Ydril y Leif, con sus pequeñas, se sentaron en el cofre que había junto al palo mayor y Magnus lo hizo a su lado, mientras que Esben y Lisbet se acomodaron al lado de Gregers e Inge, en otro que estaba frente a ellos, encadenado al costado de babor, y que era donde se guardaban los aparejos para pescar. Esben, que tenía abrazada a su mujer por los hombros, dijo respirando el aire marino con expresión de placer:

—Mis nietas van a realizar el viaje que todos hemos soñado hacer alguna vez. Lo malo es que de mayores no se van a acordar de nada, son demasiado pequeñas.

—Se lo contaréis vosotros —contestó Gregers con su sobriedad habitual.

—¿Cómo sigue Haakon? —le preguntó Esben en voz baja. Esben se encogió de hombros y lo pensó un poco antes de contestar.

—A mí me parece que está bien y el médico es de la misma opinión. Y espero que se mantenga así porque, dejando aparte el cariño que siento por él, si Haakon desapareciera nuestro país se sumiría otra vez en una guerra fratricida, como ha ocurrido siempre que nos ha gobernado un rey que no tenía herederos.

—Mis hijos y yo hemos estado observándolo y tampoco hemos notado ningún síntoma preocupante.

—Pues, aunque no lo creas, tus palabras me tranquilizan. Ya le dije al rey que me preocupaba que Haakon nos acompañara. —contestó Gregers dirigiéndole una mirada agradecida.

Inge miró a Lisbet. Había esperado que podrían hablar en algún momento, pero su amiga siempre estaba ayudando a Leif e Ydril con las niñas. Sabía que al principio no quería venir al viaje y que se había decidido a hacerlo pocas semanas antes de embarcar y eso le preocupaba. Pero Lisbet no se dio cuenta del escrutinio al que estaba siendo sometida por Inge, porque estaba observando a su marido. Su mirada recorrió su pelo ya canoso y que solo unos años antes era del mismo color dorado que el de sus hijos. Sin embargo, sus ojos seguían siendo tan azules como el primer día que lo conoció, cuando los dos eran unos adolescentes.

—¡Cuánto me alegro de haber venido! —susurró apoyando la cabeza en su hombro, agradecida porque la hubiera convencido para hacerlo. Su exclamación tranquilizó a Inge que compartió una sonrisa con su marido. El experimentado diplomático cogió su mano y entrelazó sus largos y estilizados dedos con los gordezuelos de ella. —Si me hubiera quedado en casa, me habría vuelto loca —confesó mirando a Inge, arrepentida al recordar las numerosas razones que había esgrimido meses antes para no hacer el viaje.

—Menos mal que yo te conozco mejor que tú a ti misma — replicó Esben haciendo reír a todos. Poco después se hizo otro silencio, pero este solo fue roto por el crujir de la madera y de las olas contra el casco del barco. Entonces advirtieron que las quejas de las pequeñas habían cesado y al mirarlas descubrieron que se habían dormido. Leif arqueó una ceja mirando a su madre y le dijo en voz casi inaudible, para no despertarlas:

—¿Ves? No falla, en cuanto les da un poco el aire, se quedan dormidas.

Un fuerte golpe de viento hizo que Esben levantara el rostro hacia el cielo con los ojos entrecerrados y que reparara en la gran masa de nubes negras, que estaba llenándolo a pasos agigantados. Gregers, que confiaba mucho en la opinión de Esben en esas cuestiones, le preguntó:

—¿Qué opinas de esas nubes?

—Que traen problemas. —Lisbet también había notado el cambio del viento y que la temperatura había empezado a bajar. Iba a avisar a su hijo, pero él y su mujer se levantaron después de lanzarse una mirada, como si no necesitaran comunicarse con palabras y Leif dijo:

—Vamos abajo. Estoy de acuerdo con papá, esas nubes tienen mala pinta. —Lisbet observó el océano durante un momento antes de preguntar, algo preocupada:

—¿No os parece que el mar se está encrespando?

—Sí, bajemos nosotros también —murmuró Esben, cogiendo su mano para caminar juntos hasta las escaleras— Si esto sigue así, no podrán volver—añadió, echando otro vistazo a las nubes, refiriéndose al grupo que se había ido al otro barco.

Y, como si el mar quisiera darle la razón, el barco surcó una ola que lo mantuvo en el aire durante un largo momento y luego, al caer sobre el agua otra vez, todos trastabillaron y tropezaron, y se apresuraron a llegar a las escaleras lo antes posible mientras los primeros goterones de la tormenta les caían encima.

Sobre la cubierta solo quedaron los marineros y el capitán que se afanaban en preparar el barco para la inminente tormenta.

DOCE

Ulrik, Adalïe e Yrene estaban esperando a los invitados en el umbral del camarote de los dos primeros puesto que Einar les había mandado aviso de que ya habían llegado con un marinero. Einar iba delante con Finn y Adalïe que, en cuanto vio a su tía se abrazó a ella con un suspiro de satisfacción. Mientras, Finn saludó a Ulrik con una gran sonrisa puesto que ambos se llevaban muy bien. Adalïe Falk susurró a su sobrina antes de apartarse de ella:

—Ahora tengo que dar la bienvenida a los demás, pero esta noche te sentarás a mi lado. En la cena de los reyes casi no pudimos hablar.

—Me encantará, tía —aceptó ella, feliz. Luego abrazó a Ulrik que también estaba muy contento de tenerla allí.

El camarote de los Falk era bastante grande, pero en lo demás no era diferente a los demás, excepto porque esa noche en el centro de la habitación habían colocado una gran mesa de madera. La habían traído de la cocina para la celebración, la habían cubierto con un fino mantel de algodón y sobre él habían dispuesto trece servicios consistentes cada uno de ellos en un plato, un vaso, un cuenco y una cuchara, todo ello fabricado en madera, delante de las trece sillas que esperaban a los invitados. También había varias jarras con bebida sobre la mesa, pero la comida no se serviría hasta que todos se sentaran a la mesa. Adalïe le hizo un gesto al príncipe para que se acercara.

—Haakon, si te parece bien, siéntate en la otra cabecera de la mesa. Mi marido y yo nos sentaremos en esta. —Al final, señaló la que estaba más cerca de la puerta donde había dos sillas esperando a los anfitriones.

—Por supuesto —contestó Haakon con una inclinación de cabeza dirigida a ella—. Y gracias por la invitación, Adalïe. Mis amigos y yo empezábamos a estar un poco cansados de estar parados en el barco, sin hacer nada.

Horik arqueó una ceja al escucharlo porque los cuatro amigos siempre estaban en cubierta practicando con la espada o ejercitándose de cualquier otra manera. Los primeros días, Horik se había preocupado al ver que Haakon terminaba después totalmente agotado; pero cuando le había comunicado su preocupación a Ahmad, este le había explicado que él había sido quien le había aconsejado al príncipe que hiciera todo el ejercicio que pudiera, porque consideraba que así ayudaría a mantener al berserker bajo control.

Haakon se acomodó en el lugar que le habían indicado, y a su izquierda lo hicieron Daven y Bjorn. Axel se sentó a su derecha, y a su lado lo hizo Ahmad. Junto a él, se acomodó Yrene y, a continuación, lo hicieron Finn y Adalïe, que se sentó al lado de su tía, que presidía la otra cabecera junto a Ulrik, su marido. Al otro lado de Ulrik se había sentado Einar que tenía casi enfrente a Yrene, aunque ella hacía todo lo posible para que sus miradas no coincidieran. Junto a Einar se acomodó Horik y al lado de este había una silla vacía que ocupó Knut cuando llegó, disculpándose por el retraso, después de comprobar que Isolda estaba bien.

Los invitados ya habían empezado a llenar sus vasos con las jarras que había sobre la mesa y que tenían agua e hidromiel, cuando aparecieron Egil y Jensen con dos fuentes de verduras y se marcharon. Volvieron casi enseguida, pero Knut no se fijó en lo que traían esta vez;

estaba aprovechando que todos los comensales estaban distraídos hablando entre ellos, y ninguno reclamaba su atención, para tratar de recordar si había visto a Jharder discutiendo con alguien del barco, pero siempre que lo veía, estaba solo. Einar tenía razón, aparte de él mismo, no tenía ni idea de quién podía tener un motivo para matarlo.

Al notar un movimiento junto a él, giró el rostro y vio que Egil estaba dejando un trozo de pan negro junto a su plato y que le sonrió rápidamente, antes de seguir repartiendo el pan al resto de comensales. Jensen estaba dejando un plato con un guiso de carne frente al príncipe porque esa misma mañana, desde el barco real, les habían mandado un aviso de que a Haakon no le gustaba el pescado, se lo había contado Isolda un rato antes mientras preparaban la cena. Cuando terminaron de servir la comida, tanto Jensen como Egil se marcharon, y en ese momento Ulrik se levantó y se dirigió a sus invitados:

—Como sabéis, hoy es un día muy especial para nosotros porque es el cumpleaños de mi mujer, Adalïe. —Se volvió un momento hacia ella que lo observaba con una sonrisa que iluminaba todo su rostro, luego volvió a mirar a los invitados y añadió—: Esperamos que disfrutéis de la cena y de la compañía, aunque yo solo voy a poder hablar con mi hijo porque mi mujer estará muy ocupada. —Miró significativamente a la sobrina de su mujer, que rio muy divertida. Poniéndose serio de nuevo, Ulrik cogió la mano de su mujer, la besó y mirándola a los ojos, exclamó—: Cariño, la vida me lo dio todo cuando te puso en mi camino y me has hecho más feliz de lo que merezco, pero espero seguir caminando contigo durante muchos años más. —Levantó su copa de hidromiel y gritó, mirando a todos—: ¡Brindemos porque Adalïe cumpla muchos años más! —Todos repitieron la última frase, levantando sus copas y bebiendo después. Adalïe la joven, susurró a su tía:

—No entiendo por qué no has querido que te trajéramos regalos. Me habría gustado darte algo especial... —Su tía la interrumpió sacudiendo la cabeza y le dijo:

—Cuando alguien cumple años en Selaön es costumbre que la familia y los amigos vayan a su casa a felicitarlo con las manos desnudas y el corazón lleno de cariño; porque ese es el mejor regalo que cualquiera puede recibir. —Todos la escuchaban absortos. —Y ahora, comed, por favor. No dejéis que ese guiso tan apetitoso que ha preparado nuestra joven cocinera se enfríe.

Knut cogió su cuchara, pero antes de empezar a comer advirtió que el príncipe intercambiaba su plato de carne con el de su amigo Daven, que estaba sentado a su izquierda. Se quedó inmóvil al verlo puesto que el plato de Daven era de pescado, como el de todos los demás, y se suponía que al príncipe no le gustaba. Extrañado, siguió observándolos discretamente y vio que Haakon empezaba a comer el pescado con toda naturalidad. Y también le sorprendió ver que, a sus otros dos amigos, que estaban hablando entre ellos, el intercambio les pareció algo normal. Sorprendido, Knut se giró hacia su izquierda donde estaba Horik, y por su rostro vio que también había visto la escena, pero le devolvió la mirada con total tranquilidad, lo que le hizo pensar que todo estaba preparado. Pero como no era asunto suyo, comenzó a comer, aunque seguía pareciéndole todo muy extraño.

—¿Por qué no nos cuentas algo sobre Selaön? —preguntó Adalïe en voz alta a su tía. El resto de los comensales dejaron las cucharas en los platos, muy interesados en conocer algo más sobre el misterioso lugar al que se dirigían.

—Me encantaría hacerlo, pero no sabría ni por dónde empezar. —replicó ella.

—¿Es cierto que, si no has nacido en la isla o no estás invitado a visitarla, es imposible dar con ella? —preguntó Finn, a quien siempre le había parecido una leyenda.

—Te aseguro que es verdad. Hay muchos barcos que han intentado llegar a Selaön y han tenido que darse la vuelta porque, sin invitación, es invisible a la vista. Es uno de los numerosos hechizos que la protegen de los forasteros, pero hay muchos más. Algunos son para evitar a los visitantes, pero otros se concibieron para mejorar la vida de sus habitantes.

—¿Y es verdad que a pesar de que en la isla se hablan cientos de lenguas distintas, todos se entienden entre sí? —preguntó Bjorn, el más callado de los amigos del príncipe.

—Desde el inicio de los tiempos, Selaön ha estado habitada por muchas especies, muy diferentes entre sí, y cada una de ellas hablaba su lengua particular. Eso suponía un problema para la convivencia por lo que, unos cuantos siglos atrás, varios hechiceros crearon un hechizo llamado *Brooor* gracias al cual todos los habitantes de la isla pueden entenderse entre sí, aunque no conozcan más que su propia lengua. Y ese hechizo afecta también a los visitantes; en cuanto piséis Selaön, entenderéis a todos sus habitantes sea cual sea la especie a la que pertenezcan. Y también podréis hablar con los animales, si ellos quieren hablar con vosotros, claro—aseguró, riendo a carcajadas y contagiando su risa a los demás. Al ver que Ulrik volvía a comer todos lo imitaron, aunque siguieron escuchando atentamente a Adalïe. Ella se volvió hacia su marido y añadió—: Gracias al *Brooor,* Ulrik y yo pudimos entendernos la primera vez que nos vimos, a pesar de que ninguno de los dos hablábamos el idioma del otro.

—Yo ya sabía que me casaría contigo antes de hablar contigo —susurró él dándole un beso en la mejilla. Adalïe acarició la barba casi blanca de su marido con cariño y después, volvió a mirar a sus invitados.

— Pero cuando abandoné la isla y me fui a vivir con mi marido a su país, que ahora también es el mío, tuve que aprender su idioma porque el *Brooor* solo funciona en la isla.

—¿También es cierto que las frutas y verduras, así como los animales, son distintos a los que se encuentran en el resto del mundo? —preguntó el príncipe.

—Desde luego. Aparte de mi familia y de los amigos que dejé allí, una de las cosas que más he echado de menos durante estos años ha sido el intenso sabor de la comida de mi tierra. Sobre todo, el de las frutas y las verduras. — Se encogió de hombros sin saber cómo explicarlo — Lo entenderéis cuando las probéis. Allí todo es diferente...por ejemplo hay un tipo de hierba que crece en el campo, sobre todo en los bordes de los caminos, con la que se hace una infusión que produce una sensación de bienestar al que la bebe. Por eso es costumbre dársela a los invitados cuando vienen a tu casa para que se sientan bienvenidos. —Sonrió al escuchar los murmullos de sorpresa, pero siguió hablando— También hay caballitos de mar tan grandes que son montados por jinetes, y les gusta tanto correr que viven para participar en carreras.

—Cuéntales lo de las truchas —pidió su sobrina que estaba fascinada por esa historia, porque su madre se la había contado infinidad de veces cuando era una niña. Adalïe la mayor asintió y lanzó una mirada a su hijo que sonreía divertido pensando en la cara que pondrían todos cuando la escucharan.

—Una de las mayores tradiciones que hay en la isla son las competiciones de saltos de trucha. Mi querida prima Edohy, la madre de Adalïe, y yo solíamos escaparnos de casa muchas tardes durante el verano para ir a verlas. Teníamos que hacerlo a escondidas de nuestros padres porque no se consideraba un entretenimiento adecuado para los niños. —Disfrutó durante unos segundos del silencio y de los rostros llenos de incredulidad de sus invitados, antes de seguir. —Aunque no lo creáis, las truchas son unos animales muy competitivos y, además, tienen muy mal genio. Algunos días se armaba tal lío en la competición, que volvíamos corriendo a casa antes de saber quién había sido la ganadora; ocurría, sobre todo, cuando las truchas empezaban a discutir con la rana que estaba juzgando los saltos. ¡Entonces podía pasar cualquier cosa! —Todos estallaron en carcajadas, como ella sabía que harían, al imaginar la situación. —Otras veces, la competición duraba tanto que el sol se había puesto antes de que terminara, y las participantes seguían saltando a la luz de las luciérnagas que se prestaban a alumbrar ese trozo del río, hasta que el juez decidía quién sería la campeona ese día. ¡No os podéis imaginar la gran dosis de paciencia y diplomacia que debe tener un juez de saltos de truchas!

—Entonces Gregers podría arbitrar una de esas competiciones cuando lleguemos. ¡Seguro que se le daría bien! —exclamó Haakon haciendo reír a todos.

—Me parece que todos han terminado de comer. Deberíamos pedir que trajeran el postre, ¿no te parece? —estaba diciendo Adalïe a su hijo cuando el barco dio un gran salto, provocando que todos se levantaran involuntariamente de sus asientos para volver a caer en ellos enseguida. Se miraron entre sí, sorprendidos, y Einar se levantó y salió rápidamente hacia el pasillo diciendo:

—Voy a subir a cubierta, a ver qué pasa.

Knut también se levantó, aunque él fue a la cocina para asegurarse de que todo iba bien. Saludó al marinero que seguía vigilando la puerta y, cuando entró, vio a Isolda y a Egil sentados junto a la mesa pequeña, hablando en voz baja.

—¿Ha pasado algo? —preguntó ella, preocupada.

—No, solo quería saber cómo estabais. —Knut se dio cuenta de que Egil estaba asustado e intentó distraerlo—Parece que el mar está algo picado— bromeó, aunque solo a medias, porque tenía que hacer esfuerzos para mantenerse en pie debido al continuo vaivén que había ahora en el barco.

—Ya nos habíamos dado cuenta —contestó Isolda, siguiendo la broma.

—Tengo que volver, pero me parece que la cena terminará enseguida —añadió, antes de darle un beso en la punta de la nariz.

—¿Y el postre? —preguntó ella.

—Creo que ahora van a pedirlo. —De repente, Knut frunció el ceño y preguntó—¿Y Jensen? Creía que estaría con vosotros durante toda la cena.

—El capitán ha ordenado que suban todos los hombres disponibles a ayudar. El único que se ha quedado abajo he sido yo —contestó Egil.

Knut asintió y le hizo una última caricia a Isolda en la mejilla antes de decir, cuando salía al pasillo:

—Luego nos vemos.

Pero en lugar de volver al camarote de los Falk se dirigió a las escaleras y las subió corriendo. Al llegar arriba, a pesar del intenso aguacero que lo empapó enseguida, se acercó a Ulrik, Finn y Einar que estaban observando cómo Skoll dirigía a los marineros para que arriaran las velas, intentando evitar que el viento las destrozara. Y también vio a Jensen que estaba con los demás miembros de la tripulación, arriando las velas.

Por fin, el capitán se volvió hacia los Falk y Einar le gritó:

—¿Podemos ayudarte en algo? —Él negó con la cabeza, aunque dejó de prestarle atención enseguida porque uno de los marineros perdió pie por la fuerza del viento, y corrió para ayudarlo a levantarse. El viento se había vuelto tan fuerte que era muy peligroso permanecer en la cubierta y al ver que los marineros estaban plegando la vela mayor, Skoll se volvió hacia Einar y le gritó—: ¡Prefiero que volváis abajo! ¡Cuanta menos gente haya por aquí, mejor! —Einar asintió, quitándose el agua de la cara con las manos. Llovía tanto que todos estaban chorreando.

—¿Crees que lo mejor es arriar velas? ¿No deberíamos aguantar un poco más, por si la tormenta arrecia? —le preguntó Ulrik que había navegado mucho en su juventud, pero su pregunta se cortó abruptamente debido a que una ola volvió a levantar el barco en el aire, pero esta vez a una altura mucho mayor, provocando que los cuatro tuvieran que agarrarse a donde pudieran para no caerse al suelo. Skoll contestó a Ulrik a gritos y Knut se dio cuenta de que estaba muy nervioso.

—¡La tormenta es muy fuerte! ¡La única forma de que salgamos de esta es que dejemos el timón ligeramente a barlovento, al medio, para que la embarcación no luche contra el temporal y se equilibre con las olas! ¡Marchaos ya! —ordenó al final con un rugido, antes de darse la vuelta para ayudar a sus hombres con una vela que se les había enganchado.

—Padre, él sabe mejor que nosotros lo que hay que hacer. Bajemos para no molestar —dijo Einar, cogiendo el brazo de Ulrik, pero este, antes de marcharse, gritó al capitán:

—¡Si necesitáis ayuda, envía a alguien a buscarnos! —Skoll asintió sabiendo que los Falk no dudarían en subir y luchar codo con codo con él contra la tormenta, si fuera necesario.

Después de eso, todos volvieron a bajar. Ulrik y Einar giraron a la derecha para volver a la celebración, pero Finn le hizo un gesto a Knut para que se detuviera cuando estaban en la mitad de los escalones y le preguntó:

—¿Qué opinas? —Él no tenía experiencia con el mar, pero Knut sí.

—El mar está muy mal, pero Skoll sabe lo que hace. —Finn asintió, de acuerdo con él, y ambos volvieron al camarote de los Falk. Cuando llegaron, Adalïe había abierto uno de los dos baúles que había amarrados a los pies de su cama, que estaba pegada a la pared de la izquierda, y les entregó una toalla a cada uno de ellos para que se secaran. Excepto a Ulrik, al que le pidió que se sentara; él les sorprendió a todos obedeciendo dócilmente y su esposa comenzó a secarle la cabeza con tanta dulzura como si estuvieran a solas. Él disfrutó enormemente de su atención, como todos pudieron ver; mientras ocurría esto, entraron en el camarote Isolda y Egil, llevando una fuente con el postre, pero como el barco no dejaba de moverse y los dos se tambaleaban, Knut y Finn se levantaron para ayudarlos. Cogieron la fuente entre los dos y la colocaron sobre la mesa. Isolda les dio las gracias, ruborizada, y compartió una mirada con Knut. Después, ella y Egil iban a volver a la cocina cuando Adalïe exclamó:

—¡Esperad! —Los dos se quedaron inmóviles y se giraron para mirarla —. Quería felicitaros por la cena. Ha sido estupenda.

Todos los comensales se unieron a la felicitación de Adalïe e Isolda lo agradeció con un murmullo y pareció tan abochornada, que Knut sonrió. Cuando el momento pasó y los comensales comenzaron a servirse el postre, ella y Egil volvieron a dirigirse a la puerta, pero un fuerte grito los detuvo y se volvieron a mirar, asustados, a la zona donde estaba sentado el príncipe que era de donde había venido el alarido.

Knut, que había estado distraído por la presencia de Isolda, no había notado nada hasta ese momento, pero cuando, sobresaltado por el grito miró a su derecha, vio a Daven, que estaba muy cerca de él, gritando de dolor con el rostro retorcido en una máscara de agonía mientras se sujetaba el vientre con las manos. Todos vieron cómo se ponía en pie con dificultad, sin dejar de agarrarse la tripa, y que miraba a Haakon y balbuceaba algo que solo escuchó el príncipe, que se levantó precipitadamente junto a Bjorn y Axel para ayudar a su amigo. Sujetado por Haakon, Daven volvió a mascullar una palabra mirándolo fijamente, pero esta vez la dijo con más claridad y los demás pudieron entenderla:

—Veneno. —Después, sus ojos se pusieron en blanco y se desmayó, aunque no se cayó al suelo porque el príncipe lo tenía sujeto. Ahmad, que estaba junto a ellos, se inclinó sobre el rostro de Daven y exclamó:

—¡Haakon, túmbalo! —Daven había empezado a respirar con dificultad y sus ojos se habían cerrado. Entre Haakon y Axel lo tumbaron cuidadosamente en el suelo y el médico se arrodilló para tratar de escuchar su corazón, apoyando la oreja sobre su pecho. —: Alejaos un poco, así le será más fácil respirar —dijo, sin mirarlos. Ellos obedecieron sin dejar de observar que el médico hacía todo lo posible para ayudar a su amigo. Momentos después, comenzó a darle un extraño masaje en el cuello.

Knut había visto a muchos hombres morir en la guerra y sabía que no había nada que hacer. Buscó a Isolda con la mirada y vio que seguía en el mismo sitio, con Egil a su lado, y que los dos observaban la actuación del médico con los ojos agrandados por la sorpresa, como todos los presentes. Se acercó a ellos y susurró a Isolda:

—Deberíais volver a la cocina. —Se calló al ver que Ahmad se ponía de pie con el rostro cabizbajo. Se dirigió a Haakon y dijo:

—Lo siento. Ha muerto. —El príncipe sacudió la cabeza, negándose a aceptarlo.

—¡Es imposible, no puede estar muerto! ¡Vuelve a comprobarlo! —gritó, furioso.

—Haakon... —murmuró Axel, poniendo una mano en su brazo para que se controlara.

A pesar de que Ahmad sabía que era un momento muy doloroso para el príncipe, tenía que decirle algo más:

—Haakon, él tenía razón. Lo han envenenado.

—Y como había un silencio absoluto en la habitación, a pesar de que había hablado en voz baja, todos escucharon lo que dijo.

El príncipe no apartó la mirada del rostro del médico en ningún momento. Al principio, estaba tan embargado por el dolor que no reaccionó, pero, después, su aparente tranquilidad se transformó en una furia asesina mayor que la que había sentido nunca. En su mente solo había un pensamiento: matar a Ahmad, puesto que su locura lo inducía a pensar que era el culpable del dolor que estaba sintiendo en ese momento

Sus amigos reconocieron enseguida el cambio que se había producido en él y lo sujetaron con fuerza por los brazos mientras le hablaban, tratando de que se calmara. Horik y Einar corrieron hacia ellos para ayudarlos a contenerlo, pero antes de que llegaran a su lado, Haakon ya se había sacudido a Axel y a Bjorn de encima, lanzándolos contra la pared más cercana con una fuerza sobrehumana; a continuación, propinó un salvaje golpe en el pecho al médico que lo tiró al suelo mientras hacía una mueca de dolor. Y, después, con un gruñido más propio de un animal salvaje que de una persona, Haakon saltó sobre él, rodeó su garganta con las manos y apretó, tratando de estrangularlo.

Horik y Einar lo agarraron por los brazos y tiraron de él con todas sus fuerzas, tratando de apartarlo de Ahmad, pero era inútil; Haakon estaba en el apogeo de su ataque y la rabia lo hacía extremadamente fuerte. Por fortuna, Knut y Finn acudieron a ayudarlos.

Knut, que ya había peleado con berserkers cuando estaban en medio de un ataque, no se anduvo con chiquitas y rodeó con su brazo el cuello del príncipe, apretándolo con fuerza, para privarlo de aire. Horik, que seguía tirando del brazo del príncipe para apartarlo del médico, gritó junto al oído de Knut, temiendo por la salud de Haakon:

—¡Cuidado, Knut! —Él no le contestó porque toda su energía estaba enfocada en vencer al berserker. Unos minutos después, Haakon se dio cuenta de que, si seguía así, moriría ahogado y apartó las manos del cuello de Ahmad para agarrarse al brazo de Knut, intentando quitárselo de encima. Entre Finn, que estaba aferrado a la cintura del príncipe, Einar y Horik que seguían agarrados a sus poderosos brazos y Knut, que no dejó de apretarle el cuello, lo levantaron y lo apartaron del médico; aunque, una vez estuvo de pie, Finn tuvo que soltarlo para que los demás pudieran manejarlo. Haakon emitió un rugido salvaje y lleno de furia que retumbó en la habitación. Axel que estaba de nuevo en pie, se acercó a Knut y le gritó, enfadado:

—¡Suéltalo! —Knut no pensaba hacerlo, pero Ulrik contestó a Axel en su lugar:

—¡De eso, nada! ¡Hay que encerrarlo en la jaula

hasta que se tranquilice! —Bjorn y Axel dudaron durante unos segundos, pero al ver que Haakon no se calmaba, accedieron.

—No puedo soltarlo. Cuida de Isolda mientras vuelvo —le dijo Knut a Finn.

—Descuida.

El príncipe no dejó de pelear durante todo el camino, a pesar de que Knut seguía teniéndolo agarrado por el cuello y de que Einar y Horik lo sujetaban con fuerza de los brazos y lo arrastraron a trompicones por el pasillo hasta llegar a la celda. Una vez allí, Axel y Bjorn tuvieron que ayudarlos a meterlo dentro porque Haakon se resistió hasta el último momento y tenía una fuerza descomunal. Cuando Einar cerró la celda con llave, el príncipe, aferrado a los barrotes, aulló y rugió, amenazándolo con la muerte y el desmembramiento, pero Einar no se inmutó y esta vez se guardó la llave en el bolsillo del pantalón. Entonces se volvió a Bjorn y Axel y les dijo:

—Avisadme si necesitáis algo. —Ellos asintieron y se sentaron en el suelo, junto a la jaula, escuchando los improperios de Haakon en silencio.

Cuando volvieron al salón, Knut, Horik y Einar jadeaban por el esfuerzo. Finn y su mujer estaban con Isolda y Egil.

—¿No te ha traído recuerdos? —le preguntó

Finn en voz baja y triste a Knut, que asintió y abrazó a Isolda. Observó la palidez de los rostros de Adalïe Falk y de Yrene que estaban hablando con Einar y Ulrik, pero Isolda no apartaba la mirada del médico que estaba arrodillado en el suelo, tosiendo y tratando de respirar.

—Deberíamos darle un poco de agua —susurró, mirando a Knut y ambos se acercaron. Mientras él le ayudaba a sentarse en el mismo asiento que había ocupado durante la cena, ella le sirvió un poco de agua en un vaso limpio. Pero, cuando estaba a punto de dárselo, se quedó inmóvil mirando el agua. Entendiendo lo que le pasaba, Knut cogió el vaso y se lo entregó al médico. Luego dijo, mirándola:

—El agua no puede estar envenenada o todos estaríamos muertos. —Ahmad, después de beber un sorbo con dificultad, les dio las gracias con un murmullo. Knut cogió a Isolda de la mano, se alejó unos pasos con ella y le dijo en voz baja:

—Vete a la cocina y llévate a Egil.

—¿No debería quedarme? —preguntó ella con voz serena, aunque estaba muy pálida.

—No. Si tienen que hablar contigo, iré a buscarte. —Estaba seguro de que, siendo Isolda la cocinera y como Daven había muerto envenenado, tendrían que hablar con ella tarde o temprano. Pero mientras llegaba ese momento, él prefería que no estuviera allí.

—Bien —murmuró, aliviada; y Egil y ella se fueron.

Knut se giró para observar a Einar, Horik y Ulrik que estaban junto al muerto hablando en voz baja, seguramente decidiendo cómo debían actuar a continuación; cerca de ellos, el médico seguía sentado en el mismo sitio donde lo habían dejado Isolda y él unos minutos antes, con la mirada perdida. Knut se acercó a él y le dijo:

—Estoy seguro de que Haakon no quería hacerte daño. Pero cuando esa furia nos invade, perdemos la cordura y atacamos a quien tenemos más cerca. En ese momento somos incapaces de discernir quien es amigo o enemigo. —El otro hombre hizo un esfuerzo por contestar, aunque se notaba que le dolía la garganta al hablar.

—Sé que Haakon es un buen hombre y que lamentará lo que ha hecho, cuando sea consciente de ello. —Su voz sonaba mucho más ronca de lo habitual y era casi inaudible.

—Doctor, le vendría bien beber un poco de hidromiel. —Knut se giró hacia Adalïe Falk que había aparecido a su lado. Ella misma le sirvió la bebida a Ahmad; después, se alejó un par de pasos y le hizo un gesto a Knut para que se acercara a ella, con el propósito de que nadie escuchara su conversación.

—Has hecho bien en mandarlos a la cocina, pero deberías irte con ellos. Tienes que estar con Isolda cuando vayan a hablar con ella ... ¿a quién crees que van a culpar por esta muerte? —Knut la miró, atónito.

—¿Qué dices? ¡Isolda sería incapaz de hacer algo así! —exclamó, esforzándose por no gritar.

—Tú y yo lo sabemos, pero ellos piensan que la que más fácil lo tenía para envenenar la comida era ella. En cuanto pueda, hablaré con mi marido y con mi hijo y les diré que estoy segura de que ella no ha sido. Mientras tanto, no te separes de su lado.

A continuación, señaló la puerta con un gesto de la cabeza para que Knut se marchara y él obedeció.

Finn estaba al otro lado de la habitación, junto a su mujer, desde donde lo estaban observando todo, atónitos.

—¿Qué va a pasar ahora? —preguntó ella, preocupada. Finn se encogió de hombros y miró al grupo que se había reunido junto al muerto y entrecerró los ojos. Estaba seguro de que las sospechas recaerían en la mujer de Knut, por ser la cocinera.

—Están hablando sobre quién puede ser el asesino. O asesina —añadió. Adalïe entendió lo que quería decir y, señalando al grupo, le insinuó:

—¿Por qué no vas a ver si puedes ayudar? —Él se lo agradeció con un beso en la sien y se acercó. Ulrik le hizo hueco para que pudiera incorporarse a ellos en cuanto le vio y le dijo:

—Imagino que sabrás que lo han envenenado

—¿El médico está de acuerdo? —preguntó él.

—No tiene ninguna duda. —replicó Einar. Horik intervino, muy serio:

—Siento muchísimo la muerte de Daven, como estoy seguro de que les ocurrirá a todos los que hayan tenido la suerte de conocerlo, pero me alegro de que el veneno no haya alcanzado su verdadero objetivo. —Los tres se quedaron mirándolo, extrañados, pero fue Einar quien exclamó:

—¡Pues claro! ¡Querían asesinar a Haakon!

—Horik decidió explicar un secreto que solo conocían unos pocos.

—Cuando está fuera de casa, el príncipe siempre pide un plato distinto a lo que vayan a comer sus amigos y se asegura de que todos los asistentes al acto lo sepan. Yo mismo le aconsejé que lo hiciera así, hace años, por si alguien intentaba envenenarlo.

—¿Y luego Haakon intercambiaba su plato con Dave?

—No solo con él. Daven, Axel y Bjorn se turnaban para hacerlo. De hecho, creo que hoy le tocaba a Axel, pero Daven insistió en que quería hacerlo él.

—Si el veneno estaba dirigido contra el príncipe, la búsqueda del asesino podría ser más complicada —dijo Einar, pensativo.

—Eso creo yo también —afirmó Horik. Lanzando una mirada al cuerpo de Daven, añadió —: Lo primero que tenemos que hacer es interrogar a la cocinera y a todos los que tuvieron acceso al plato del príncipe antes de servírselo.

—Einar miró a su padre, que asintió, antes de contestar a Horik:

—Como ya tienes experiencia en este tipo de asuntos, nos gustaría que tú te encargaras de aclarar esto. Por supuesto, te ayudaremos en lo que podamos. Pero antes de que vayas a hablar con la cocinera, deberías saber que es la *andsfrende* de Knut. — Horik, sorprendido, se volvió hacia Finn y le preguntó:

—¿Tú lo sabías?

—Knut me lo ha contado cuando hemos llegado. Y también que alguien ha asesinado a uno de vuestros marineros, que estaba encerrado en la jaula, después de envenenarlo —añadió, mirando con expresión inquisitiva a Einar, que le devolvió la mirada con los ojos entornados.

—Te parecerá increíble, pero con todo lo que ha pasado, había olvidado por completo la muerte de Jharder —replicó Einar, enfadado consigo mismo por no haber pensado que las dos muertes podían tener algo que ver. —El que lo mató lo hizo con un trozo de soga como la que guardamos en un cofre de cubierta y que el muerto no tenía en la jaula cuando lo encerramos allí. —Horik lo pensó un poco antes de afirmar:

—Acepto ocuparme del asunto. Y creo que, mientras yo hablo con la cocinera, Ahmad debería examinar los dos cadáveres, para que nos diga si los mataron con el mismo veneno. ¿Dónde está el otro muerto? —preguntó a Einar.

—En el único camarote vacío que nos quedaba. Descubrimos su cadáver poco antes de que llegarais por lo que no nos ha dado tiempo a decidir qué hacer con él —contestó—: Voy a hablar con Ahmad. —Sin esperar contestación, se marchó.

—¿Crees que a los dos los ha matado la misma persona? — preguntó Finn. Horik se encogió de hombros y aseguró:

—Sería demasiada casualidad que hubiera dos asesinos y que a los dos les gustara el veneno. No es una forma de asesinar demasiado común.

Ulrik le dijo:

—Mi mujer está segura de que la cocinera no ha tenido nada que ver —Horik asintió pensativamente. Como todos los que la conocían se tomaba muy en serio las opiniones de Adalïe Falk. Su sexto sentido hacía que no se equivocara nunca cuando juzgaba a las personas.

—En cuanto al primer asesinado...— dijo Finn y Ulrik señaló:

—Jharder.

—Sí, ese. Sé que atacó a Isolda dos veces y que por eso pensasteis que Knut podría ser el asesino, pero te aseguro que es incapaz de envenenar a nadie.

—Por cierto, ¿dónde está Knut? —preguntó Horik al darse cuenta de que no estaba en la habitación.

—En la cocina —contestó Finn. Ulrik dijo:

—Vamos, os acompaño hasta allí. Después de que apareciera colgado ese cerdo de Jharder, mi hijo puso un soldado en la puerta de la cocina y otro en el pasillo de los camarotes, con instrucciones de que no pasara por allí nadie que no estuviera autorizado.

—Te seguimos —dijo Horik.

Finn rozó la mano de su mujer, que estaba hablando con su tía, al pasar a su lado y sus ojos se encontraron durante un instante, antes de que él saliera de la habitación siguiendo a Ulrik y a Horik.

TRECE

Entre Einar y Ahmad llevaron el cuerpo de Daven al camarote donde estaba el de Jharder y lo dejaron en el suelo, a su lado. Después, Einar encendió una vela y Ahmad, comentó, observando los dos cadáveres:

—No creo que tarde demasiado. —Se arrodilló junto a Jharder y comenzó a examinarlo.

Einar cogió un taburete que había cerca, se alejó un par de pasos para no molestarlo, y se sentó a esperar a que terminara.

Horik, Finn y Ulrik iban camino de la cocina cuando otra ola zarandeó el barco, haciendo que se tropezaran unos con otros y que casi tiraran los candiles de grasa, sin los que irían a ciegas.

—¡Joder, qué ganas tengo de que se termine ya la puta tormenta! —gruñó Ulrik después de golpearse el hombro contra la pared del pasillo. Frotándose el lugar con la mano, siguió caminando y gruñendo por el estado del mar provocando que Horik y Finn compartieran una sonrisa.

Cuando entraron en la cocina Isolda estaba sentada en el regazo de Knut con la cabeza apoyada en su pecho, mientras ambos escuchaban algo que les decía Egil que estaba sentado a su lado, pero los tres se levantaron al verlos entrar. Finn advirtió, nada más verlo, que su amigo no solo había encontrado a su *andsfrende*, sino que también tenía ya una familia.

—Horik tiene que hablar con vosotros —anunció Ulrik, dirigiéndose a Egil y a Isolda. Knut contestó, mirando a Horik:

—Ya les he avisado de que vendrías. ¿Con quién quieres empezar?

—Con Isolda —contestó él, acercándose a la mesa. Le tranquilizó ver que la muchacha no apartaba la mirada de la suya y al ver que todos seguían de pie, les dijo:

—Volved a sentaros, por favor. —Knut, Isolda y Egil se sentaron en asientos contiguos y enfrente lo hicieron Horik, Finn y Ulrik.

—Quiero que me cuentes lo que ocurrió con Jharder. Sé que te atacó, pero no sé nada más. Puede que no entiendas por qué te lo pido, pero... —ella lo interrumpió:

—Knut ya me había dicho que tenía que contártelo, aunque tú no me preguntaras por ello.

—Horik se sorprendió, aunque no lo demostró.

—Empieza cuando quieras. —Isolda suspiró antes de hacerlo.

—Desde que empecé a trabajar para los Falk, Jharder siempre había estado molestándome. Yo nunca entendí por qué, sobre todo antes de... — se dio cuenta de que, si no le decía toda la verdad, no lo entendería, y decidió contárselo todo porque Knut le había dicho que podía confiar en Horik —: Es mejor que empiece por el principio. Llegué a Molde hace solo unos tres meses huyendo de mi casa.

—¿Por qué?

—Porque era una esclava. Una mujer llamada Freydis me compró cuando era una niña para hacer las labores de su casa. Yo ni siquiera me acuerdo de donde vivía antes de conocerla —

confesó, encogiéndose de hombros. Horik apretó los labios en una fina línea, porque odiaba la esclavitud y más cuando la sufrían los niños. Le parecía uno de los crímenes más inhumanos que podía cometer un hombre, y se alegraba enormemente de que el rey estuviera a punto de prohibir la compra y venta de esclavos en su reino. Volvió a la realidad al escuchar que Isolda seguía hablando—: A pesar de todo, Freydis me tenía cariño y me aseguró que su hijo me liberaría cuando ella muriera, pero él pretendía venderme a un traficante de esclavos; por eso me escapé. Y para que no me encontraran, me disfracé de muchacho —añadió, compartiendo una mirada divertida con Egil, que exclamó:

—¡Teníais que haberla visto! ¡Parecía que no se había bañado en semanas! —rio divertido, olvidando por un momento la razón por la que estaban interrogando a Isolda.

—Me echaba cera oscura en el rostro y las manos para aparentar suciedad. Se me ocurrió que así nadie pensaría que era una chica, pero me equivoqué, claro —reconoció con un suspiro—. Porque en cuanto me descuidaba, dejaba de hablar con voz grave y casi todos descubrieron que era una chica. Cuando les confesé quién era, estaba segura de que los Falk me echarían, pero fueron muy comprensivos.

—¿Y qué hizo Jharder cuando lo supo? —preguntó Horik que, gracias a su experiencia en interrogatorios, sabía reconocer cuando un detalle era importante.

—Comenzó a mirarme de otra manera y... entonces fue cuando empecé a temer lo que podría hacerme si me encontraba a solas, por eso siempre intentaba escabullirme de él. —Knut maldijo en silencio y cogió la mano derecha de Isolda para entrelazarla con la suya. Ella lo miró a los ojos durante un momento y luego volvió a mirar a Horik—: Pero en el barco era más difícil escapar de él. La primera vez que me asaltó, Knut me salvó y la segunda, escapé gracias a que le clavé un cuchillo.

—A continuación, confesó con voz agradecida—: Fue Knut quien me lo dio y me enseñó cómo usarlo.

—¿Nadie lo castigó por haberla atacado? —preguntó Horik a Ulrik, pero fue Knut el que contestó:

—La primera vez yo le di una paliza y Einar se encargó de que lo castigaran con un látigo en cubierta, a la vista de todos.

—¿Y la segunda?

—Lo encerramos en la celda pensando en juzgarlo cuando volviéramos a nuestra tierra. Afortunadamente para él, alguien lo ahorcó antes de poder hacerlo —respondió Ulrik con los ojos entornados. Horik preguntó, de nuevo mirando a Knut:

—¿Y tú dónde estabas cuando lo mataron? —Con lo pequeña que era Isolda, era imposible que ella hubiera colgado a un hombre tan grande y, a pesar de que Horik estaba seguro de que Knut no había sido, tenía que preguntárselo.

—Esa noche estuvimos juntos, en mi camarote —contestó ella, sorprendiendo a Horik.

—¿Toda la noche?

—Sí —replicó ella, muy segura. Knut los observaba a los dos con una sonrisilla divertida.

—Tengo otra pregunta. ¿Conocías al príncipe antes de hoy?

—¡No! —exclamó, sorprendida—Sabía que los reyes tenían un hijo, pero ni siquiera sabía cómo se llamaba—agregó, encogiéndose de hombros. Horik sonrió, divirtiéndose al pensar cómo iba a disfrutar cuando le dijera eso a la reina.

—¿Qué opinas de la corona?

—No entiendo la pregunta —contestó ella con la frente arrugada. Miró a Knut que le explicó:

—Quiere saber si te gustan nuestros reyes o no...

—No lo he pensado nunca —contestó, sorprendida—. Cuando vivía con Freydis solo me preocupaba por hacer bien mis tareas y luego, cuando ella enfermó, por cuidarla para que se recuperara, aunque, desgraciadamente, no lo conseguí. Eso era todo lo que me importaba... ¿para qué iba a perder el tiempo pensando en los reyes? —preguntó mirando a Knut y después a Horik, atónita— También podría haber imaginado cómo habría sido mi vida si hubiera tenido dos cabezas o cuatro manos. ¿De qué me hubiera servido eso? —Hablaba con tanta seguridad que Finn miró a Knut arqueando una ceja y él sonrió, orgulloso de ella. Einar entró en ese momento en la cocina y se sentó en uno de los asientos que quedaban libres con un suspiro de cansancio.

—Ahmad cree que a los dos los mataron con el mismo veneno.

—Era lo lógico —replicó Horik. Se volvió hacia Isolda y le dijo—: Pero eso no cambia el hecho de que la que tuvo más oportunidades de asesinar al príncipe, fuiste tu. Nadie más pudo tocar su comida... —sin previo aviso, giró el rostro para mirar a Egil— excepto tú, que creo que eres su ayudante. —El muchacho agrandó los ojos, asustado, y contestó, tartamudeando:

—¡Yo no he sido..., lo juro! —Isolda se irguió en su asiento y se enfrentó a Horik, enfadada.

—¡Él no ha hecho nada! ¡Es verdad que estuvo conmigo en la cocina, pero no lo dejé solo en ningún momento! ¡Te aseguro que él no echó nada en el plato del príncipe! —Empezando a irritarse también por la actitud de Horik, Knut añadió:

—Yo también estuve toda la tarde ayudando a Isolda en la cocina, ¿no me vas a preguntar si fui yo el que le eché el veneno al príncipe? —Finn puso los ojos en blanco y dijo mirando a Horik y a Einar:

—Creo que es evidente que ninguno de ellos es el asesino.

—Entonces, ¿quién? —preguntó Einar pasándose la mano por el rostro con gesto de frustración. Ulrik llevaba un rato callado, pero, de repente, se volvió hacia su hijo y le preguntó:

—¿No ayudó uno de los timoneles a llevar la comida a la mesa?

—Sí, Jensen —contestó Einar. Frunciendo el ceño, se quedó mirando a su padre antes de preguntarle—: ¿Crees que...?

—Es la única posibilidad.

—¿Jensen pudo haber envenenado el plato del príncipe? —preguntó Einar a Isolda que contestó después de echar una rápida mirada a Egil.

—Aquí, no. Estoy segura. Él tampoco se quedó solo en ningún momento en la cocina y yo fui la única que toqué ese plato, hasta que él lo cogió para llevarlo a la mesa.

—Ese pasillo está muy oscuro, pero hay dos soldados vigilándolo —señaló Horik mirando a Einar—. Para que no lo vieran, tendría que haber echado el veneno en el plato nada más salir de la cocina; cuando estuviera de espaldas al soldado que estaba guardando la puerta, y antes de que lo viera el que vigilaba la zona de los camarotes. —Einar asintió, imaginando la escena.

—Lo que no entiendo es qué razón podía tener Jensen para matar al príncipe; y tampoco a Jharder porque, que yo sepa, no se llevaba mal con él, ¿no? —preguntó Einar a Isolda.

—No lo sé. En una ocasión Jensen me aconsejó que no me quedara a solas con él, pero nunca me dijo que hubieran tenido problemas. ¿Y a ti, Egil? —le preguntó. El muchacho, que parecía a punto de ponerse a llorar, lo negó con la cabeza. Isolda le dijo algo en voz baja y él contestó con voz ahogada:

—Nunca le escuché decir nada malo de Jharder, excepto cuando atacó a Isolda; entonces se enfadó mucho.

Einar y Horik se miraron fijamente y se levantaron.

—¿Dónde está él ahora? —preguntó Horik.

—En el timón, acaba de empezar su turno. Había que dar descanso al otro timonel porque ha estado toda la noche lidiando con la tormenta —contestó Einar.

—No podemos esperar a que termine su turno, hay que solucionar esto lo antes posible. Podría atacar a alguien más. Pero antes de subir, hay que coger candiles para poder ver bien. Todavía es noche cerrada y sigue lloviendo. Y, por si es él, espero que tengáis más gente que sepa llevar el barco —afirmó Horik, mirando a Einar.

—Hay candiles de sobra en la despensa. Y por el barco, no te preocupes, Skoll, mi padre y yo mismo, podemos coger el timón si es necesario —replicó Einar, levantándose para ir a la despensa a por candiles.

Poco después, todos subían a cubierta llevando un candil cada uno de ellos y vieron que el tiempo, afortunadamente, había cambiado. Seguía lloviendo, pero las gotas eran finas y el viento había amainado, por lo que habían desaparecido las grandes olas que ponían en peligro el barco y a sus ocupantes.

Skoll había mandado a la cama a descansar a casi todos los marineros y en cubierta ahora solo quedaban dos, además de él y Jensen. Él estaba sentado en un cofre, con una brújula en una mano y un mapa en la otra, comprobando si el barco se había desviado de la ruta, cuando vio a Ulrik, Einar y a los demás acercarse, y se quedó mirándolos extrañado. Y todavía se sorprendió más al ver que, al contrario de lo que esperaba, no se acercaban a él, sino a Jensen. Solo se le ocurría una razón para que quisieran hablar con el timonel a esas horas, pero le parecía imposible que Jensen fuera el asesino porque era uno de los hombres más pacíficos y pacientes que había conocido. De modo que guardó el mapa y la brújula dentro del cofre y los siguió, deseando saber qué ocurría.

Jensen entrecerró los ojos, al ver a unas personas acercándose a él, tratando de ver quiénes eran puesto que, debido a la oscuridad y a la lluvia, era difícil reconocerlos a pesar de que todos llevaban candiles. Y cuando supo de quiénes se trataba se irguió, pero no hizo ningún gesto que mostrara que estaba preocupado.

—¿Qué ocurre? —preguntó cuando tuvo frente a él a Ulrik, Einar y Horik. Isolda, Knut y Egil se quedaron detrás de ellos.

—Horik va a hacerte unas preguntas, está ayudándonos a encontrar al asesino —contestó Einar.

—Bien —asintió Jensen, mirando a Horik a los ojos.

—Me han dicho que fuiste tú quién serviste el plato de carne al príncipe.

—Sí, ayudé a servir parte de la comida y tenía intención de seguir ayudando hasta el final de la cena, pero tuve que subir a ayudar debido a la tormenta. —Horik lo miraba fijamente.

—Acabo de recorrer el trozo de pasillo que hay desde la cocina hasta el camarote de los Falk y, a pesar de que llevaba un candil, estaba tan oscuro que te juro que me era imposible ver nada a mi alrededor. Así que imagino que a Egil le habría sido imposible ver si tú echabas algo en la carne que creías que se comería Haakon. —Cuando terminó de hablar vio cómo algo, que podía ser tristeza o arrepentimiento, atravesaba fugazmente la mirada de Jensen. Con el ceño fruncido, le preguntó directamente—: ¿Fuiste tú? —Jensen contestó con voz firme:

—No. —Horik sonrió de tal manera que parecía un lobo enseñando los dientes.

—Mientes —afirmó, seguro de lo que decía y sin hacer caso de la exclamación ahogada que escuchó detrás de él. —Siempre sé cuándo alguien me miente y tú lo estás haciendo ahora mismo. —Esperó, pero Jensen permaneció callado sin apartar la mirada.

—¡Jensen! ¡Si sabes algo, díselo! —exclamó Egil con tono suplicante. Intentó acercarse a él, pero Knut lo sujetó por el brazo para impedírselo. Jensen miró al muchacho y su rostro se contrajo al escuchar su súplica—: ¡Por favor! ¡Creen que ha sido Isolda!

El gesto que apreció en el rostro del timonel, confirmó a Horik lo que había supuesto en cuanto había empezado a hablar con él, que era el asesino. Y también supo que, hasta ese momento, a Jensen no se le había ocurrido que podían acusar a un inocente de lo que él había hecho.

El timonel miró a Isolda y a Egil; luego, volvió a mirar a Horik y confesó, sin remordimiento aparente:

—He sido yo. Ellos no han tenido nada que ver. —Horik entrecerró los ojos y preguntó:

—¿A Jharder también lo mataste tú?

—Sí, y no me arrepiento. Se lo merecía, era un cerdo —añadió con desprecio.

—¿Por qué? —preguntó Einar. Jensen le contestó enseguida, con expresión acusadora.

—Teníais que haberlo matado vosotros cuando la intentó violar por primera vez. —Horik advirtió con algo de admiración que, a pesar de todo, Jensen seguía llevando el timón con firmeza. —Ningún hombre que haga algo así, merece seguir viviendo —añadió, furioso.

Knut sintió temblar a Isolda y la abrazó, pegándola a su costado. Lloraba mirando a Jensen.

—¿Y al príncipe, por qué lo querías muerto? ¿Él también había hecho algo por lo que merecía morir? —le preguntó Horik irónicamente, pero su respuesta lo dejó atónito.

—Durante la guerra, los soldados del rey violaron a mi mujer y la mataron, después de que tuviera que presenciar cómo asesinaban a nuestros tres hijos. Yo nunca había podido soportar a los violadores, pero después de lo que le hicieron a mi mujer... odio a todos esos hijos de puta. Ninguno de ellos merece vivir —afirmó—. Durante un tiempo intenté seguir viviendo allí, pero me fue imposible, y tuve que alejarme del que había sido mi hogar y el de mis ancestros. Por eso fui a las tierras de los Falk, —su voz sonaba plana, sin sentimientos, pero Horik sabía que eso ocurría a veces cuando se sentía demasiado—y allí estuve viviendo estos años. Hasta que me enteré de que el príncipe vendría a este viaje y supe que había llegado mi momento. Que por fin podría vengarme.

—Suponiendo que lo que dices sea cierto, Haakon no tiene la culpa de lo que hiciera su padre —afirmó Knut que, aunque entendía el odio que sentía, no aprobaba que se vengara en un inocente.

—¿Y mi mujer y mis hijos tenían alguna culpa? ¡No, jamás habían hecho daño a nadie! —gritó Jensen con expresión agónica. Después, se calmó un poco y siguió hablando con voz uniforme— Pero los asesinaron igualmente. Yo solo quería que el rey sufriera en sus carnes lo mismo que sufrí yo, lo demás no me importaba. — Miró a Isolda y a Egil y les dijo—: Lo siento. No pretendía que nada de esto os afectara. —Repentinamente, sacó del bolsillo derecho de su pantalón un pequeño frasco, lo destapó y se lo bebió entero, antes de que nadie pudiera detenerlo. Luego tiró el frasco vacío por la borda y dijo a Horik—: Imagino lo que me haría tu rey si me cogiera vivo y no pienso darle ese gusto. —Volvió a mirar a Egil y a Isolda y les dijo con una triste sonrisa—: Sabía que, de un modo u otro, no llegaría con vida a Selaön.

—Jensen, apártate del timón —ordenó Skoll. Él obedeció y se alejó caminando tranquilamente. Se sentó en el cofre en el que había estado sentado el capitán un momento antes y se quedó mirando el océano, esperando la muerte. Isolda no pudo resistirlo más y se volvió hacia Knut y lo abrazó, y Egil se abrazó a los dos. Knut los sostuvo, compartiendo con ellos su fuerza bajo la débil lluvia que seguía cayendo persistentemente. Y tratando de evitar que vieran de su amigo, susurró:

—Creo que es mejor que nos vayamos. —Isolda asintió enseguida, pero Egil se resistió un poco sin dejar de mirar a Jensen; quizás esperaba poder despedirse de él, pero el timonel tenía la mirada perdida y no parecía ser consciente de lo que le rodeaba. Y al darse cuenta de ello, accedió y se fue con ellos.

Ulrik, Einar, Horik y Finn se quedaron a un par de metros de Jensen, observándolo.

—¿Qué vais a hacer? —preguntó Finn.

—Dejar que se muera —contestó Horik. Hizo una mueca antes de confesar—. Suicidarse es lo mejor que ha podido hacer. No me enorgullezco al decir que, si lo hubiéramos llevado a Bergen, le hubieran hecho sufrir mucho, antes de que el rey lo condenara a una muerte horrible.

—No es justo que nadie tenga que pasar por todo lo que le pasó a él —murmuró Finn, deseando que su sufrimiento terminara lo antes posible.

—Estoy de acuerdo —añadió Einar, en voz baja.

—¡Y yo también! —exclamó Horik mirándolos enfadado— Pero olvidáis que ha asesinado a un inocente. ¡Daven no merecía morir, era un buen hombre que tenía toda la vida por delante! Jharder sería un hijo de puta y lo merecería, pero él no.

—Lo sé —asintió Finn—. Y todos lo sentimos, pero no puedo evitar sentir pena por todo lo que este hombre ha sufrido—susurró mientras ponía la mano sobre el hombro de Horik. Como sonrió levemente al hacerlo, Horik le preguntó, escamado:

—¿Se puede saber por qué sonríes? —Finn apartó la mano, pero mantuvo la sonrisa al contestar:

—Porque acabo de darme cuenta de que he actuado como mi padre, que nos pone una mano en el hombro a Leif y a mí cuando quiere consolarnos. —Horik suspiró y volvió a mirar a Jensen que se estaba abrazando el vientre con un gesto de dolor en el rostro, tal y como había hecho Daven unas horas antes. —Ya ha empezado —susurró y todos se quedaron en silencio, observando la muerte del timonel. Cuando todo terminó, Einar y Horik bajaron su cuerpo del cofre y lo dejaron en el suelo. —Deberíamos tirarlo al mar sin ceremonia ninguna —añadió—, al igual que a Jharder. A mi entender, solo Daven se merece que le hagamos un funeral. —Miró a los tres que fueron afirmando con la cabeza, mostrando su acuerdo con el plan y dijo —: Cuando terminemos voy a ir a ver cómo está Haakon.

—Yo voy contigo —afirmó Finn.

—Y tú y yo deberíamos volver con tu madre y los demás para contarles lo que ha pasado —indicó Ulrik a Einar, que asintió en silencio.

A continuación, lanzaron el cuerpo de Jensen al mar y después, bajaron a por el cadáver de Jharder e hicieron lo mismo con él.

Skoll lo observó todo en la distancia mientras manejaba el timón.

Knut saludó con una inclinación de cabeza al soldado que había junto a la puerta de la cocina, antes de cruzarla. Pidió a Isolda y a Egil que se sentaran, cogió una cacerola en la que echó un poco de leche y la puso sobre el fuego que todavía ardía en el fogón.

—¿Qué haces? —le preguntó Isolda. Egil seguía sus movimientos con la vista, pero no dijo nada.

—La leche caliente nos ayudará a dormir —contestó él, y cogió tres vasos que puso sobre la mesa.

—¿Tú crees? —replicó ella, desalentada. Knut quitó la cacerola del fuego y llenó los tres vasos. Después de dejar la cacerola sobre la mesa se inclinó sobre Isolda, colocó sus manos a los lados de su rostro y le dio un suave beso en los labios. Mirándola a los ojos, le ordenó suavemente:

—Bébetela. —Egil se levantó y dijo sin mirarlos:

—Yo no quiero leche. Me voy a la cama. —Isolda, antes de que se fuera, agarró su mano y la apretó.

—Lo siento mucho, Egil —susurró. Él tragó saliva, emocionado, y contestó:

—Hasta mañana.

Knut cogió su vaso y se lo entregó.

—Llévatelo. Por si cambias de idea. —Él lo aceptó e Isolda se quedó observando cómo se marchaba hasta que escuchó la voz de Knut:

—Bebétela, cariño. Se va a enfriar. —Obedeció, sintiendo como la leche deshacía los nudos que se habían formado en su estómago.

—Gracias, Knut —dijo, mientras dejaba el vaso

sobre la mesa.

—¿Por qué? —preguntó él, sorprendido, cuando terminó de beberse su leche.

—Por cuidar también de Egil. —Él se inclinó hacia ella y susurró:

—Es un buen muchacho y sé lo importante que es para ti.

—Me gustaría decirte lo importante que es para mí que lo trates así, pero estoy tan cansada... —murmuró y cerró los ojos.

—Pues vámonos a la cama.

Cuando volvieron al camarote de Isolda, Knut cerró la puerta por dentro y dejó la vela sobre el taburete. Los dos seguían empapados por lo que se desnudaron y se secaron con una toalla. Y, cuando menos se lo esperaba, ella se abrazó a él.

—Cariño, métete en la cama. Después de todo lo que has pasado, necesitas descansar —murmuró, acariciando con ternura su pelo, todavía húmedo.

—No —contestó, levantando el rostro para mirarlo.

—Hace un momento has dicho que estabas muy cansada.

—Sí, pero no es un cansancio del cuerpo, es que han pasado tantas cosas... —suspiró profundamente sin saber cómo explicarse.

—Lo sé. Y también sé que lo mejor es que intentes dormir un poco. Mañana lo verás todo de otra manera. —Ella hizo un mohín que le resultó enternecedor y, entonces, añadió —: Pero puedo ayudarte a dormir.

—¿Cómo?

—Dándote un masaje. Te gustará, ya lo verás.

—Como no parecía muy convencida, la empujó suavemente en dirección a la cama. —Vamos, túmbate bocabajo. —Ella obedeció, pero giró la cabeza hacia él para poder verle. Knut se acercó y la besó en la mejilla, luego susurró:

—Cierra los ojos y relájate. O, mejor aún, duérmete.

Hundió suavemente los dedos en la espalda femenina, provocando que Isolda se tensara porque tenía los músculos agarrotados. Levantó la cabeza, mirándolo acusadoramente, pero solo consiguió que dijera:

—Relájate. Te prometo que te gustará. —Ella volvió a apoyar la cabeza en la almohada y Knut siguió masajeando su espalda, luego sus brazos, sus manos e incluso sus dedos. Se empleó a fondo y recorrió todo el cuerpo femenino, dejando a su paso músculos relajados y sin dolor. Para cuando llegó a la zona de la cintura, Isolda ya se había excitado, y pensaba que un masaje era la segunda cosa que más le gustaba que Knut le hiciera. Él sonrió al ver cómo se movía y al escuchar sus suspiros, pero siguió repasando con paciencia cada recoveco de su cuerpo, insistiendo en las zonas que necesitaban más atención. Continuó por las piernas, luego por los pies y cuando advirtió que frotando un punto del empeine Isolda gemía, preguntó en voz baja:

—¿Te gusta eso? —Cuando ella asintió, repitió el movimiento varias veces, haciéndola suspirar de placer a la vez que se mordía el labio inferior.

Separó sus piernas y masajeó las pantorrillas, doloridas por estar todo el día de pie en la cocina. Esta vez el masaje no fue tan agradable y ella se agarró a las sábanas para soportarlo, pero dejó que siguiera porque ya había descubierto que, si lo aguantaba, él terminaría quitándole el dolor con sus dedos mágicos. Desde allí, Knut subió a sus glúteos y ella volvió a relajarse con los ojos cerrados, disfrutando del calor que recorría sus venas.

—Túmbate de espaldas —susurró Knut y cuando la tuvo bocarriba, se deleitó un instante en sus erguidos pezones antes de que sus manos, grandes y calientes, los cubrieran para amasarlos suavemente. Isolda alargó los brazos hacia él y lo miró, suplicante.

—Knut. —Su voz sonaba espesa por el deseo. —Por favor.

—No, cariño. Es demasiado pronto, anoche no teníamos que haber hecho nada. Sé que sigues dolorida —contestó él, molesto consigo mismo por no haberla cuidado mejor.

—No me importa —replicó ella, irguiéndose para intentar atraerlo hacia ella, pero él puso la mano en el centro de su pecho y la empujó suavemente para obligarla a tumbarse de nuevo.

—Yo me ocuparé de ti, pero esta vez no sentirás dolor. Abre más las piernas, cariño —ordenó. Se subió a la cama y se arrodilló entre sus muslos. Inclinándose ante ella, separó con cuidado sus labios genitales y se acercó tanto que Isolda sintió su cálido aliento en su carne y se estremeció anticipadamente. Él introdujo la lengua dentro de la sedosa carne femenina, causándole un placer tan grande que tuvo que morderse una mano para no gritar. Fue tierno y concienzudo con la lengua, los labios y los dedos y no se detuvo hasta que ella llegó al orgasmo. Solo entonces, con una mirada satisfecha, se tumbó a su lado y cuando estiró la sábana sobre los dos, Isolda ya se había dormido.

CATORCE

Knut se despertó debido a los discretos golpes que alguien había dado en la puerta del camarote y se levantó rápidamente, para que Isolda no se despertara. Se puso los pantalones, ya que siempre dormía desnudo, y abrió, encontrándose con Finn.

—¿Pasa algo? —preguntó, pero su amigo le hizo un gesto tranquilizador.

—Haakon ya se ha recuperado y quiere hacer el funeral de Daven ahora mismo. Los cadáveres de Jharder y Jensen los lanzamos anoche al mar, sin ninguna ceremonia. —Knut no dijo nada porque lo entendía perfectamente. —Einar ha dicho que no era necesario que te avisara, pero yo he preferido decírtelo por si quieres estar presente.

—Has hecho bien. Ahora mismo subo.

—De acuerdo —contestó Finn antes de

marcharse. Knut cerró la puerta y volvió a la cama. Acariciando la mejilla de Isolda con un dedo, musitó:

—Cariño, en unos minutos van a hacer el funeral de Daven. —Ella abrió los ojos y parpadeó varias veces, tratando de despertarse. —Pero no hace falta que vengas, si no quieres.

—Sí, sí, quiero ir. Pero deja que me lave la cara y me vista. No tardo nada. ¿Por qué no vas a avisar a Egil? —Mientras estaba poniéndose la camisa, él le dijo:

—El cuerpo de Jensen ya está en el mar. No habrá ceremonia para él. —Isolda, que se estaba atando los lazos del vestido, se quedó inmóvil un momento. Luego asintió y terminó de atárselos.

—No se lo digas a Egil, por favor. Yo se lo diré más tarde.

—No tenéis por qué subir —repitió él.

—Quiero que sepan que, a pesar de que Egil y yo queríamos a Jensen, no estamos de acuerdo con lo que hizo. —Knut se acercó a ella y la abrazó. Acababa de ponerse la camisa, pero todavía no se la había abrochado.

—No quiero que sufras. —El cariño y la preocupación que había en su mirada hicieron que ella exclamara:

—¡Qué suerte he tenido al encontrarte! —Él replicó, convencido:

—He sido yo el que he tenido suerte. — A regañadientes, apartó sus manos de ella para abrocharse la camisa y añadió —: Voy a por él, termina de prepararte.

Cuando volvió con un somnoliento Egil, solo unos minutos después, ella los esperaba junto a las escaleras y Knut la agarró de la mano antes de subir. La niebla rodeaba el barco por completo, como si el día también sintiera tristeza por la muerte de Daven.

Su cuerpo estaba en el suelo, junto a la borda de popa, envuelto en una sábana blanca excepto el rostro, que se quedaría al descubierto hasta que lo lanzaran al mar, siguiendo una ancestral costumbre de su pueblo. El valiente guerrero que había dado la vida por su príncipe estaba rodeado por sus tres amigos, y ellos tenían la mirada fija en su rostro, como si quisieran asegurarse de que no iban a olvidarlo jamás. Detrás de ellos, estaban Ulrik y Adalïe Falk, Einar e Yrene, Finn y Adalïe Lodbrok, Horik, Knut, Isolda y Egil. Skoll y los marineros que estaban trajinando en cubierta los observaban discretamente, a unos cuantos metros de distancia.

Isolda se acercó a Egil, que no dejaba de llorar, y le dio un beso en la mejilla. Se dio cuenta de que había sido un error hacerle subir y le dijo en voz baja:

—¿Por qué no vuelves al camarote? Nadie se molestará. —Él aceptó, aliviado, y se marchó.

Knut se acercó a ella, de forma que sus cuerpos casi se rozaban, y le dio un apretón en la mano que seguía envolviendo con la suya. Después de un largo en silencio, roto solo por el sonido del agua contra el casco, el príncipe comenzó a hablar sin dejar de mirar a su amigo.

—Esta noche, mientras te velábamos, hemos recordado todos los momentos divertidos que hemos pasado a tu lado. Quizás lo primero que la gente, que no te conozca bien, eche de menos ahora que no estás sea tu risa contagiosa, pero esa no es la razón por la que nosotros nos sentimos como si nos hubieran arrancado el corazón del pecho, sino por tu inagotable bondad, generosidad y valentía. Ha sido un honor poder llamarte amigo, Daven.

—Los labios del príncipe temblaron y tuvo que respirar profundamente, antes de seguir—: Pero esto no es una despedida puesto que volveremos a vernos en la otra vida; de modo que guárdanos un sitio a tu lado para cuando llegue nuestra hora—añadió, sonriendo, a pesar de las lágrimas que habían empezado a rodar por sus mejillas. Preguntó a Bjorn y a Axel, que lloraban igual que él, si querían añadir algo más y ellos contestaron que no. A Isolda se le hizo un nudo en la garganta al ver a los tres amigos llorando como si fueran niños y, cuando levantaron el cadáver de Daven para lanzarlo al mar, se abrazó a Knut otra vez y apoyada en él observó cómo caía el cuerpo al agua. Y en ese momento ocurrió algo que hizo que a todos se les pusieran los pelos de punta. De repente, la niebla que rodeaba el barco se desvaneció y les bañó la luz del sol que asomaba por el horizonte tiñendo el cielo de naranja, y un pájaro blanco y gris sobrevoló sus cabezas graznando alegremente. Knut se lo quedó mirando fijamente, y cuando se aseguró de que la vista y el oído no lo engañaban, exclamó, asombrado:

—¡Una gaviota! —Todos levantaron la mirada para seguir al pájaro que, con las alas extendidas, aprovechó una corriente de aire para alejarse planeando en dirección a la tierra que ya se podía ver a lo lejos. Entre gritos de júbilo, algunos corrieron hacia la proa del barco para poder observar la isla de Selaön; pero no el príncipe y sus amigos que estaban en el otro extremo del barco hablando entre ellos; ni tampoco Finn y su mujer que miraban a su alrededor frenéticamente, buscando en el océano el barco real que no estaba a la vista.

—¿Qué pasa? —preguntó Isolda a Knut. Él contestó a la vez que se volvía hacia los lados, para poder contemplar los cuatro puntos cardinales.

—El otro barco no está. Ven, quiero hablar con

Finn. — Cuando llegaron junto a su amigo, Knut le puso una mano sobre el antebrazo y le dijo:

—Seguramente la tormenta los ha apartado de la ruta y estarán al otro lado de la isla, o en otra zona de la costa que no podemos ver desde aquí.

—Finn asintió lentamente, pero su rostro parecía tallado en piedra. Adalïe, su mujer, que tenía su mano izquierda cogida entre las suyas le dijo:

—Están bien, Finn. Si no fuera así, lo sabría. — Él siguió con la mirada perdida en el ancho mar durante unos segundos y luego inclinó la cabeza para besar a su mujer en la frente.

—Tenéis razón, la tormenta los habrá desviado de su ruta. Afortunadamente habíamos quedado en que, si los barcos se separaban, nos encontraríamos en las minas de plata —añadió, mirando a su mujer. Knut intuyó que en sus palabras había un mensaje oculto que solo podía entender ella. —Vamos a hablar con tu tía para preguntarle a qué distancia, desde este lado de la costa, están las tierras de vuestra familia.

Como se alejaron para hablar con los Falk solo permanecieron en medio de la cubierta Knut e Isolda. Los demás estaban en la borda observando fascinados la isla a la que el barco se iba acercando poco a poco. Una cálida brisa revolvió el pelo corto de Isolda tapándole la cara y Knut, pacientemente, se lo apartó del rostro.

—Solía llevarlo largo, ¿sabes? Me lo corté para parecer un chico.

—Es como la seda —murmuró él, disfrutando de la sensación de los finos mechones deslizándose entre sus dedos.

—Creo que me lo dejaré crecer otra vez. Me gusta más.

—Bien —contestó él, con un tono que dejaba claro que le daba igual cómo lo llevara.

—Antes de conocerte había decidido quedarme en Selaön para que Ebbe no pudiera encontrarme —confesó ella, mirándolo atentamente. Él posó su mano sobre su mejilla derecha, admirando la belleza de sus rasgos delicados que ocultaban una fuerza y una pasión insospechadas.

—Cariño, si quieres quedarte, nos quedaremos. En cuanto a ese..., no te preocupes más por él. Si decidimos volver, yo me ocuparé de que no vuelva a molestarte —juró, abrazándola. Los dos se volvieron hacia la algarabía que los demás estaban montando junto a la borda por haber avistado la isla.

—¿Y Egil? —preguntó ella. Necesitaba aclararlo antes de seguir hablando de su futuro.

—Siempre he querido tener un hermano pequeño —admitió él con un encogimiento de hombros.

—Soy muy feliz —susurró ella antes de apoyar

la cabeza en su pecho. Se balanceaban suavemente al compás del barco rodeados por el sonido de la alegría de sus amigos, del mar chocando con el casco y del viento inflando las velas.

—Quiero que nos casemos mientras estamos en la isla —afirmó Knut. Ella levantó la cabeza bruscamente y se lo quedó mirando con los ojos entrecerrados.

—¿Qué? —balbuceó.

—Ya me has oído.

—Pero...

—Hablaré con Magnus en cuanto vuelva a verle. Él ha casado a todos mis amigos —añadió, pensativo. Ella se quedó mirándolo, incapaz de hablar. Divertido, Knut esperó a que pudiera hacerlo.

—Deberíamos pensarlo un poco —susurró Isolda con voz tranquila, aunque el corazón le latía tan fuerte en el pecho que estaba segura de que él podía escucharlo.

—Claro. Piénsatelo cuanto quieras —aceptó él, magnánimo—. Pero nos casaremos en la isla— añadió, a continuación.

Durante un rato los dos siguieron mirándose sin hablar hasta que ella empezó a reír a carcajadas. Lo abrazó por el cuello y, empinándose, susurró junto a su oído:

—¡Te quiero, Knut! ¡Y acepto, me casaré

contigo!

Él la besó y no se separaron hasta que Finn, desde la borda, comenzó a silbarlos y a gritarles que se unieran a ellos. Caminaron hacia sus amigos con las manos entrelazadas y vieron que ya se podía distinguir la playa de arena blanca hacia la que se dirigían y la frondosa vegetación que la rodeaba.

Knut observaba con curiosidad la isla, pero Isolda lo miraba a él con el corazón en los ojos. La vida le había enseñado su rostro más amargo durante gran parte de su vida, pero con Knut la había compensado con creces.

Él sintió su mirada y se volvió hacia ella.

—¿No quieres saber cómo va a ser nuestro nuevo hogar? —preguntó bromeando. Isolda sacudió la cabeza, emocionada.

—Tú eres mi nuevo hogar. —Después de su declaración, lo abrazó.

—Amor mío —murmuró él, besándola en la coronilla—. Tú también eres mi hogar y te quiero más de lo que nunca podrás imaginar —confesó junto a su oído, haciéndola estremecer.

Junto a sus amigos, contemplaron la silueta de la exuberante isla que se alzaba ante ellos. Palmeras altas y esbeltas se mecían suavemente al compás de la brisa, bordeando la playa de arena blanca. Allí el agua marina, de un turquesa cristalino, reflejaba los destellos dorados del sol como si fuera un camino de luz que los guiaría hacia su nueva vida.

—¡Esto es precioso! —exclamó ella, maravillada.

—Sí —replicó Knut, muy sonriente.

Se miraron a los ojos y, mientras el viento susurraba su canción y las olas los mecían suavemente, sus miradas bucearon la una en la otra formulando una promesa de amor eterno.

FIN

Printed in Poland
by Amazon Fulfillment
Poland Sp. z o.o., Wrocław
18 April 2024

3719b665-af4f-4dfc-ac7d-c914ec1ee184R01